내가 아직
어줘서 미안해

시보다 더 아름다운 학생시와 감상문

내가 아직
어려서 미안해

2018년 4월 16일 제1판 제1쇄 발행
2018년 10월 7일 제1판 제2쇄 발행

엮은이   배창환
읽은이   상주여고 학생들
그린이   이경예
펴낸이   강봉구

펴낸곳   작은숲출판사
등록번호 제406-2013-000081호
주소   413-120 경기도 파주시 신촌로 21-30(신촌동)
전화   070-4067-8560
팩스   0505-499-8560

홈페이지 http://cafe.daum.net/littlef2010
페이스북 http://www.facebook.com/littlef2010
이메일   littlef2010@daum.net

©배창환

ISBN 979-11-6035-041-8 43810
값은 뒤표지에 있습니다.

내가 아직
어려서 미안해

배창환 엮음
상주여고 학생들 읽음

작은숲

차례

나의 길 1부

꽃다운 나이 2부

쉽게 써진 시 3부

작은 선물   4부

우리 동네   5부

머리말

1

　학생들과 시 읽기, 감상, 쓰기 활동을 시작한 지 올해로 만 스무 해
가 된다. 흔히 하는 말로 강산이 두 번이나 바뀌었다. 그 이전에도 물
론 학생들과 시 공부를 했지만, 시를 학생들의 삶을 읽고 쓰는 것으
로 인식하지 못하고, 시인들의 시 중에서 좋은 시, 학생들에게 보여
주고 외우게 하고 싶은 시를 골라 함께 읽고 외우고 느낌을 이야기하
는 정도에 그쳤으므로, 그것도 시 공부라 하면 아니랄 것도 없으나,
시 교육의 문제를 심각하게 인식하고 다시 시작하는 마음으로 한 것
은, 한동안 학교를 떠나 있다가 교단으로 돌아온 후 시를 두고 도시
아이들과 벽을 대하듯 마주 앉아 절망에 빠진 다음이었다.

　처음에는 교과서 시를 아이들에게 그냥 잘 전달하고자 했는데, 그
길이 보이지 않았다. 아이들도 시를 가장 어려워하고 싫어했다. 아이
들에게 어떻게 하면 시가 재미있다는 것을 깨닫게 할 수 있을까, 하
는 것이 우선 급한 '불'이었고, 시를 쓰는 일은 다음 문제였다. 온갖 생

각을 다 한 어느 날, 하나의 '빛' 같은 것이 퍼뜩 스쳐갔다. 그것은 나와 아이들을 가로막는 벽은 시를 싫어하는 '아이들'이 아니라, 아이들이 싫어할 수밖에 없는 시들을 '교과서'에 잔뜩 실어 놓고 문제를 내고 풀기를 강요하는 '입시제도'라는 생각이었다. 그리고 영상 세대 아이들은 시를 싫어할 것이라는, 검증되지 않은 전제를 핑계로 입시교육을 수용해 온 우리 '교사 자신'이라는 아픈 반성이었다.

2

아이들이 시를 싫어할 리가 없다는 강한 믿음이 아이들과 시 공부를 시작하는 출발점이 되었다. 아이들이 좋아하는 시, 아이들에게 신선한 음료와 시원한 공기 같은 시를 보여 준다면 아이들도 시를 좋아할 것이라는 '가설(假說)'은 실제로 아이들과 '좋은 시'를 뽑아 읽기를 시작하면서 바로 검증되었다. 이해와 감동이라는 단 두 가지 기준만으로 시를 읽을 때, 한 교실에 있는 대다수의 아이들이 좋아하는 시들이 존재한다는 것! 그것은 실로 놀라운 발견이었고, 희망이었다. 그 결과 시 읽기 텍스트로 처음 출간해 낸 것이『국어 시간에 시 읽기 1』이었고, 이 책은 전국의 중·고등학교 국어 시간에 폭발적으로 읽혀졌다. 교사와 아이들이 오래도록 기다렸던 책이 나왔으니 당연한 일이었다.

누구나 좋아하는 일에는 몰입한다. 아이들과의 시 공부는 아이들이 좋아하는 시를 보여 주는 순간 시 낭송부터 감상, 창작으로 고구마 캐듯이 줄줄이 따라오게 돼 있다. 아이들이 스스로 좋은 시를 선택하여 왜 좋은지를 누구의 눈치도 안 보고 자신 있게 말하면 자신감이 생긴다. 그 다음에 학생들과 재미있게 할 수 있는 시 공부는 마당에 쏟아진 깨알처럼 많다. 그리고 그 중심에 시 쓰기가 있다.

시 쓰기는 시로 자신을 표현하는 일이다. 두려움만 없으면 수영도 할 수 있고 등산도 할 수 있듯이, 시에 대한 두려움과 선입견이 사라지면 시 쓰기는 지극히 자연스러운 과정이다. 진솔하게 자신을 시 속에 드러내면 아이들은 누구나 시인이 되었다. 시라고는 생전 처음 써본 아이들에게서 기다렸다는 듯이 아름다운 시가 툭툭 나오는 이유는, 시가 삶의 자유로운 표현이기 때문이다.

학생들의 시 쓰기 텍스트는 당연히 학생들이 쓴 '좋은 시'다. 내가 생각하는 학생들의 '좋은 시'는 '어른들의 흉내를 낸 시'가 아니라, '어른들이 흉내 낼 수 없는 시'다. 앞강물이 뒷강물을 데리고 나아가듯이, 앞의 시가 뒤의 시를 이끌고 간다. 학생들이 쓴 좋은 시가 다른 학생들의 마음에 들어가서 더 좋은 시를 손잡고 데리고 나오는 것이다.

3

그렇게 하여 스무 해 동안 아이들과 시 읽고 쓰는 행복한 시 공부를 하면서 『뜻밖의 선물』이나 『지금은 0교시』같은, 제자들의 시 창작집들을 묶어 출판할 수 있었고, 학생시 선집 형태로 조재도 시인과 함께 『36.4℃』를 몇 해 전에 또 냈다. 이번 시 감상집은 아이들은 또 래 아이들 시를 정말 어떻게 읽고 있는지 그 내면 풍경을 엿보고 싶 은 마음과, 그동안 소개된 좋은 시를 추리고, 거기 최근에 생산한 아 이들의 좋은 시들을 여러 편 더 소개하고 싶은 마음을 모아 내게 됐 다. 지난해 학교를 이곳으로 옮기고 시 공부를 함께한 아이들에게 나 눠 줄 '선물'도 생각했다. 57명의 아이들이 기쁜 마음으로, 참 좋은 감 상 글을 써 주었다. 더없이 감사하다. 컷을 그려 준 경예에게도 특별 히 감사하고 싶다. 나에게 이 책은 아이들에게서 얻은 또 하나의 진 귀한 '선물'이다.

마지막으로, 어려운 출판 환경 속에서 이 책을 흔쾌히 내주신 작은 숲출판사에도 깊이 감사드린다.

무술년 봄을 맞이하며
배창환

일러두기

감상할 시를 뽑고 수록함에 있어서 사전에 학생 시인(필자)들의 허락을 받아야 했지만, 현실적으로 그러기가 어려웠다. 나의 제자들도 오랜 시간이 흘러 연락이 잘 닿지 않는 사람이 많았고, 몇몇 다른 선생님들이 엮으신 학생 필자들도 사정은 마찬가지였다. 연락이 안 된 나의 제자들에게는 이 지면을 통해 허락과 양해하기 구하고자 하며, 다른 필자들에게는 책을 내신 선생님들께 양해를 구해서 연락이 되면 허락을 구해 주시기를 부탁드리는 수밖에 없었다. (이 자리를 빌어서 연락이 닿지 못한 모든 학생 필자들께 정중하게 양해와 감사를 드리며, 이후라도 언제든지 출판사로 연락을 주시면 합당한 사례를 해 주시기로 했음을 밝힙니다.)

1부

나의 길

시

사랑하는 사람들조차 나를 모르고
나마저 나를 모르는 밤엔
이 몸이 너무나도 무거워 시라도 한 편 써야겠다
시에 내 몸을 버려두고 나와야겠다
그래야, 숨을 쉬겠다
그래야, 숨을 쉬겠다

여럿이 동선 맞추고 헤매는 이 꼴이 너무 우스운
그 어설픈 동선에도 맞추지 못한 내가 우스운 이 밤엔
아, 시라도 한편 써야겠다
아무것도 묻지 말고 시라도 한편 써야겠다
그래야, 숨을 쉬겠다
그래야, 숨을 쉬겠다

나를 휩싸는 알 수 없는 감정에 목이 메일 때에는

나를 내리쬐는 흰 빛의 무거운 하늘 칼로 북북 찢어버리고 싶은 때에는

내 말을 들을 가치가 없는 이들에게 하는 이해 못한 말 대신 시를 써야겠다

사는 게 원래 이런지 아니면 나만 이런 건지

벌써부터 땅이 훅훅 꺼지고 다리는 후들거리고 그만 주저앉아 엉엉 울고 싶은데

주저앉아 엄마 오기를 기다리기에는 너무 늦었고

한 그루의 나무처럼 의연히 견디기에는 너무 어린

늙어 가는 나는 오늘 밤도 시를 쓴다

사랑하는 사람들조차 나를 모르는, 나마저도 나를 모르는 그런 날, 그런 날이 있습니다. 가장 많은 것을 느끼고 생각하는 청소년기에 경쟁만 하게 하는 사회 속에서 꿈속을 헤매는 날, 그 꿈은 너무 멀고 현실에선 낙오자가 된 것만 같은 그런 날이 있습니다. 애도 어른도 아닌 나로서는 그런 날엔 떨리는 손으로 꿈의 끝자락을 잡고 있을 수밖에 없습니다. 그런 날에는 시라도 한 편 쓸 수밖에 없습니다. 그 시 속에 쏟아 냅니다. 흰 빛의 탁한 하늘, 나를 누르는 무거운 공기까지. 또 간절했던 것까지 가득 채웁니다. 그리고 나선 하늘에 걸려 있는 새하얗게 질린 달을 보며 느린 손으로 내일을 맞을 준비를 합니다.

나의 길

머나먼 길이 있다
그 길은 멀고도 험하며
휘어져 있기도 하다

결코 쉽다고 할 수 없는 길이기에
끝을 볼 수 없는 길이기에

한숨과 눈물은
늘어만 간다

가방끈 맨 어깨는 점점 내려가고
발걸음은 점점 느리게

내가 가고 있는 이 길이
정녕 나에게 맞는 길인 것일까

내가 가고 있는 이 길이
과연 내가 해낼 수 있는 길일까

끝없는 고민과 생각이 꼬리를 물어
내 머리를 헤집어 놓는다

그러고 나면
어느 순간 머릿속이 텅 비어버린다

요즘
하늘을 볼 때가 많아졌다

김시현

우리 학교 연극부 '마당세실'에서 각색한 연극을 보고 난 후 몇몇 학생들이 눈물을 보이었다. 그 모습을 보고 가슴이 먹먹했다. 한 친구는 울면서 '솔직히 지금 자기 진로가 진짜 자기 진로 맞다고 생각하는 애가 몇 명이나 있겠어. 그냥 생기부에 다 써놨으니까 일단은 하는 거지.'라고 말했다. 이 시를 읽자마자 그 말이 떠올랐다. 나를 포함한 대부분의 학생들이 이런 고민을 한다고 생각한다. 그리고 대부분은 이 고민의 끝을 보지 못했을 것이라고도 생각한다.

이 시의 '끝없는 고민과 생각이 꼬리를 물어/내 머리를 헤집어놓는다.'라는 부분을 읽고 웃음이 나왔다. 내 모습이 연상되었기 때문이다. 나뿐만 아니라 다른 친구들도 이런 모습을 하고 있다는 생각에 씁쓸한 웃음이 나왔다. 하늘을 보면서 꿈을 꾸어야 할 학생들이 하늘을 보며 한숨을 쉬고 있는 게 현실이라는 것이 슬프다.

최하나

머나먼 길을 걸어간다는 것은 힘든 일이다. 나도, 내 옆의 친구들도 그런 자신만의 길을 걸어가고 있다. 길을 걸어가는 게 얼마나 힘든지를 잘 알고 있지만 포기할 수 없는 이유가 하나씩은 있기에 모두가 각자의 길을 묵묵히 걸어간다.

이 시는 길을 걸어가는 것이 얼마나 힘든 일인지를 잘 표현하고 있다. 특히 '한숨과 눈물은 늘어난다'와 '끝없는 고민과 생각이 꼬리를 물어 내 머리를 헤집어 놓는다'에서 공감할 수 있었다. 작은 것 하나에도 쉽게 화를 내고 상처를 받아 한숨을 쉬고 눈물을 흘린다. 고민하고 싶지 않지만 어느새 갖가지 고민들이 내 머릿속을 삼켜 버린다. 길을 걸어간다는 것은 그만큼 힘든 일이다.

그렇다고 길을 걸어간다는 것은 마냥 힘든 일만은 아니다. 친구와 같은 길을 함께 걸어갈 수도 있고 내 손을 잡아 주는 사람이 생겨나기 때문이다. 손을 잡고 있는 사람이 있기에 힘을 내고 웃을 수 있다. 가끔은 쉬었다 가고 미래를 그려 보며 외롭지 않게 걸어간다. 나의 길은 힘들지만 행복한 길이다

그 일기장

- 옛 친구에게

강유리

그 일기장엔

어색했던 1학년 1반이 있었다.

낡아빠진 책상 두 개도 있었다.

붉은 얼굴로 마주하던

나도 있었고 어린 너도 있었다.

그 일기장엔

빛바랜 플라타너스가 있었다.

함성 소리에 휘둘리던 청백기도 있었다.

노란 단풍 가득한 운동장엔

나도 있었고 어린 너도 있었다.

그 일기장엔

코가 비뚤어진 눈사람이 있었다.

철없이 뛰어노는 뽀드득 소리도 있었다.

내리는 눈보다 더 맑았던

나도 있었고 어린 너도 있었다.

그 일기장엔
투명한 눈물방울이 있었다.
두 손에 꼭 쥐어주던 편지 한 장도 있었다.
마주 잡은 두 손 놓을 줄 모르던
나도 있었고 어린 너도 있었다.

그 일기장엔
오랫동안 잊고 있던
오래된 황토빛 초등학교와
한적한 시골 작은 마을과
빼곡한 어린 날의 추억이 있었다.

그리고
그 일기장엔
어린 내 옆을 지켜준
어린 네가 있었다.

장효빈

　강유리의 시 〈그 일기장〉을 읽고 내 곁에 있는 친구들이 생각났고 그 친구들과 쌓은 추억들이 많이 떠올랐다. 중학생 때 만나 고등학생을 마무리하는 지금까지 친하게 지내고 있는 친구들과의 추억이 새록새록 떠오르며 즐겁기도 했지만 뭉클하기도 했다.

　나는 친구들과 철없이 놀았던 그 시간들과 감정들이 추억으로 남겨진 것을 느낄 때 가장 슬프다. 학교 마치고 집이나 학원 가는 길에 떡볶이를 먹으며 걷던 것, 친구네 집에서 영화도 보고 치킨도 먹으며 밤을 새던 것, 콘서트 보고 난 후 새벽에 서울 거리를 걷던 것. 나는 딱히 일기를 쓰는 것을 좋아하지 않아 쓰지는 않지만, 시를 보며 내 머릿속의 일기장에 담겨 있을 것들이 많이 떠올랐다.

　어리고 철없던 나의 곁을 따뜻하고 즐겁게 지켜 준 어린 친구들. 다들 크겠지만 마음 한 편에 어리고 철없는 모습을 감추고 있다가 나중에 만나면 다시 꺼내어 또 추억을 쌓으면 좋겠다. 이 시를 읽는 그 때 어린 내 옆을 지켜 주고 있고 어린 내가 옆을 지켜 줘야 할 친구들이 종일 머릿속을 꽉 채웠었다.

시간

날아가는 화살보다 빠르게
아기 자라의 걸음보다 느리게
꽃봉오리의 기다림보다 간절하게
바람 앞의 촛불보다 불안하게
낮잠 자는 백구보다 평온하게

흘러간다.

시채연

　시간을 주제로 한 이 시는 시간에 대한 느낌을 시로 표현했다는 것이 나에게는 새롭게 느껴졌다. 이 시를 읽으면 그 시간 속에 있는 나의 모습도 함께 상상하게 된다. 쉬는 시간에 친구들과 이야기하다 보면 시간이 빨리 지나 가 버린다. 컵라면에 물을 붓고 기다리는 3분의 시간은 그렇게도 느리게 느껴진다. 중학교 때는 집에서 낮잠도 자면서 평온한 시간도 있었지만, 고등학생인 지금은 매시간이 촉박하고 불안하게 느껴진다. 하지만 어떤 느낌이었든 나에게는 소중했던 시간이고 내 삶의 일부가 되었다.

　시의 마지막 부분에 '흘러간다'라고 한다. 맞다. 시간은 흘러간다. 멈추지 않는 강물처럼. 나는 멈추지 않고 흘러가는 이 시간을 김이 모락모락 나는 흰쌀밥 한 그릇보다 따뜻하게 보내고 싶다.

살다 보면

김현지

우리가
제 몸만 한 우리에 갇힌 돼지와
뭐가 다를까

우리가
공장에서 표정 없이 물건을 뱉어내는 기계와
뭐가 다를까

이렇게
꾸역꾸역 살아
뭐가 될 수나 있을까

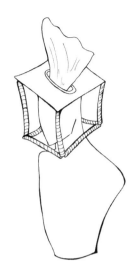

조혜빈

　김현지의 시 〈살다 보면〉을 읽고 현재 우리나라 사람들과 비슷하다고 생
각했다. 학생들은 학교에서, 회사원들은 회사에서 각자의 일들을 도맡아 열심
히 일하지만 과연 이들 중 자신들이 진짜 하고 싶은 일들을 하고 있을까? 만약
그렇지 않다면 사람들은 이 시에 나온 것처럼 '제 몸만 한 우리에 갇힌 돼지' 또
는 '공장에서 표정 없이 물건을 뱉어 내는 기계'로 살아갈 수밖에 없을 것이다.

　우리는 인간이기 때문에 돼지나 기계처럼 살 이유가 없다. 인간이 필요해
서 만든 규칙이나 틀에서 우린 살고 있지만 이런 것들에 얽매어 하루하루를
힘겹게 살아가고 있다고 생각한다.

욕심

가볍게 들고 다니려고
조그마한 지갑을 샀다

쓰다 보니 필요 없는 것들도
자꾸자꾸 집어넣게 되어
보기 흉하게 두툼해졌다

한번 넣고 나니 다시 비우기가
그렇게 힘들다

집어넣는 것보다
다시 꺼내놓는 게
더 힘들다.

정유신

처음 필통을 가진 초등학교 때부터 내 필통은 언제나 컸고 크다. 공간이 모자라 필통을 하나 더 살 때도 있었고, 큰 필통에 다 들어가지 않아 억지로 필기구를 눌러 넣고 잠그다가 지퍼가 고장난 적도 있다. 지금 가지고 있는 필통도 양손으로 가려 보려 해도 가려지지 않는 크기에 잠그면 울룩불룩 튀어나온 펜들이 눈에 띄는 모양새이다. 그럼에도 불구하고 문구점에 가면 저것도 처음 보는 색이고, 이것도 쓸모 있어 보이고…. 고민하다가 결국 사서 필통에 넣고야 만다.

나에게는 지갑 대신 필통이 내 욕심을 드러내는 소재 같다. 학생이다 보니 주로 소비하는 곳이 한정되어 내 속마음을 더욱 잘 보여 주는 것 같다. '쓰다 보니 필요 없는 것들도 자꾸자꾸 집어넣게 되어 보기 흉하게 두툼해졌다'는 것이 정말 알맞은 표현이다.

욕심이란 그런 것 같다. '집어넣는 것보다 다시 꺼내 놓는 게 더 힘들다'처럼 하나라도 더 가지고 가려고 애쓰는 것이라고 생각한다. 사람이라면 당연히 가지고 있는 욕심이니 그 그릇이 넘치지 않도록 조심하면 조금 더 괜찮은 세상이 되지 않을까. 다시 비우기는 힘들지만 용기가 필요할 때도 있다.

여러 겹

이송희

눈 위에 선을 하나 더
코 위에 점을 하나 콕

줄넘기 3000개
윗몸 일으키기 500개
팔굽혀펴기 80개

콜라병처럼 잘록한 허리

아이라인 한 겹
립글로즈 두 겹
파우더 두 겹
하이라이터 세 겹
마스카라 세 겹
볼 터치 세 겹

마지막으로 향수

날씬하다 예쁘다 향기롭다.

여러 겹의 포장지 속에 숨겨진
죽어가는 진짜 나.

박선영

외모 지상주의. 우리는 언제부터 첫 인상이 '소통의 시작'이 아닌 '외모의 시작'이 되어 서로가 서로를 평가하는 세상이 되었을까. 외모를 우선시하는 세상의 시선 속에서 외모 자존감에 대한 진지한 논의를 펼치게 되었을까. 이렇듯 외모가 화제의 중심이 될 거라고 예상한 사람이 누가 있을까?

우리는 세상의 차가운 현실에 맞서 반박 한 번 제대로 하지 못하고 어느 순간부터 현실에 순응하게 되고 결국 무더지고 만다.

그래서 만들어진 과대 포장. 우리는 여러 겹의 포장지에 싸인 내면을 살피지 못하고 스스로를 무마하기 위해 화려한 포장지로 외면을 꾸미며 감추기에 바쁜 것 같다. 사실 겉모습만으로는 그 참된 가치를 알 수 없는데도 말이다.

연필 한 자루

임가영

내 방안에 굴러다니는
연필 한 자루

무심코 집어 들고
먼지 쌓인 연필깎이를 꺼내
드르륵 드르륵
예쁘게 깎곤
연필로 일기를 써 본다.

부드러운 샤프와는 달리
사각사각 성가신 소리를 내고
깔끔한 샤프와는 달리
뭉툭해지는 바람에 글씨도 못나게 되는

이 늙고 멋없는 연필이

마음에 드는 건 왜일까?

어린 꼬마 시절, 고사리 같은 손으로

온 힘 다해 꾹꾹 눌러 글씨 쓰던,

그래서 글자가 틀려 벅벅 지워도

눌린 흔적이 그대로 남아 있던,

그 키가 어느새 작아지자 뿌듯해하고는

모나미 볼펜 껍데기를 머리에 꾹 끼워 주었던,

흑연 냄새

나무 냄새

풀풀 풍기는 그리움.

장예린

이 시를 읽으면 방 대청소를 할 때마다 어디선가 꼭 나오는 연필들이 생각난다. 서랍 속 아직 깎지도 않은 연필, 연필꽂이 속에 숨은 몽땅 연필…. 그런 연필들을 모아 보면 한 무더기씩 나오지만 한 번도 버린 적은 없다.

추억이란 게 바로 그런 것일까? 오래 돼서 낡아 버리고, 자꾸만 잊혀져 가지만 떠올렸을 때는 나도 모르게 웃음 짓게 하고, 절대 버리고 싶지 않은, 소중히 간직하고 싶어지는 것들….

어쩌면 친구도 가족도 함께한 지 오래 돼서, 더 많은 추억들을 공유했기 때문에 더 소중하게 느껴질지 모른다. 이렇게 생각해 보면 추억이 참 고맙다. 좋은 사람들을 이렇게나 많이 엮어 준 고마운 추억들, 슬픈 추억들도 많겠지만 지나고 보면 웃음짓게 되는 추억들….

겨울비

이유정

어느 겨울날
혼자 거리를 걷다가
문득 비를 맞게 된다면

엄마, 아빠가 모임 가고
언니마저 없는 날
혼자 라디오를 듣다가
문득 슬픈 노래를 만나게 된다면

만원 버스에서
집 가까운 친구를 먼저 보내고
조금 전엔 몰랐던
침묵을 삼키며
연락 없는 휴대폰만 멍하니
바라보게 된다면

혼자가 아니면 느낄 수 없는
그 외롭지만 벅찬 시간에
한 움큼의 생각을 쥐게 될지도 몰라
더도 덜도 말고 딱 한 움큼만

어느 추운 겨울 날
혼자 거리를 걷다가
그 여름 날 누군가와 함께 맞던
소나기를 기억하듯이

　추운 겨울날에 비가 내리는 걸 보면 문득 혼자라고 느껴지는 시간이 있다. 항상 주변에는 선생님이, 친구들이, 가족들이 혹은 알지도 못하는 그런 사람들을 만나고 이야기하고 그랬기에 전혀 느끼지 못했던 조용함이 느껴지는 그런 시간이 있다. 그런 시간에는 바빠서, 친구들과 함께 있었기에 떠올리지 못했던 초등학교 친구들, 자주 만나지 못하는 친척들, 즐거웠던 추억들이 불쑥 마음속에 다가와 속삭인다. '가끔씩은 나를 기억해 줘', '넌 혼자가 아니야'라고. 분명히 춥고 비 내리는 그런 어두운 겨울날에 나는 봄보다 더 따뜻한 하루를 보낸다.

놀이터

엄마 손 잡으려면
까치발을 들어야 했을 땐
집으로 돌아가기 싫었던
놀이터

엄마 손보다도
내 손이 더 커졌을 땐
집으로 들어가기 싫으면
놀이터

해가 지고
함께 놀던 친구들은
다들
집으로 돌아간 지
오래

난 아직 놀이터

이영현

이 시의 1연을 보고 어릴 때 놀이터에서 즐겁게 놀다가 엄마께서 부르실 때면 집으로 돌아가기 싫어 '5분만, 5분만' 하던 추억이 떠올랐다. 그때의 나도 "지금 집으로 돌아가면 내일은 친구들이 놀이터에 나와 있을까?", "내일은 만날 수 있을까?", "내일은 오늘만큼 재미있게 놀 수 있을까?" 생각하며 아쉽게 집으로 발걸음을 돌렸었는데, 이 시를 쓴 작가도 나와 같은 마음이었을 거라고 생각한다.

또, 시의 2연을 읽어 본 뒤 엄마 손보다도 내 손이 더 커졌을 때를 나는 고등학생이 된 후라고 생각했다. 왜냐하면 내가 고등학생이 된 후 학교를 마치고 어두컴컴한 하늘을 보며 집으로 돌아가는 것이 왠지 모르게 울적했고, 집으로 돌아가면 항상 조용한 그 분위기가 싫어 놀이터에 자주 나가곤 했기 때문이다. 아무도 없는 놀이터로 나가면 바람을 가르는 그네를 타며 밤하늘에 떠있는 별을 바라볼 때마다 잠시나마 복잡한 생각들을 버리고 휴식을 취할 수 있었다. 그래서 나는 나의 경험에 빗대어 시의 2연부터 화자가 고등학생이 된 후라고 보았고, 이 시에 대해 공감하며 모든 학생들은 대부분 같은 생각을 하며 살아간다고 생각했다.

돌이켜 생각해 보니 놀이터에 대한 나의 어린 시절 추억은 그저 친구들과 노는 것이 즐거워 집으로 돌아가기 싫었던 기억으로 남아 있지만, 고등학생이 된 후엔 집으로 들어가기 싫어 놀이터를 찾게 된 것이 너무 마음이 아팠다.

이것 하나만으로도

저에게는 사랑하는 가족이 있습니다.
녹슬었지만 자전거 한 대도 있습니다.
좋아한다고 고백하고픈 누나도 있습니다.
이것 하나만으로도
충분히 살 만하다는 걸
이 가을에 저는 분명히 배워 알고 있습니다.

제 가족은 저를 사랑합니다.
학교 가면 친구들도 반겨줍니다.
코스모스 길 옆으로 단풍이 물듭니다.
이것 하나만으로도
세상은 아름다운 시절이 있다는 걸
이 가을에 저는 눈으로 확인합니다.

　이 시를 만나게 된 것은 저에게 뜻밖의 행운인 것 같습니다. 이 시를 읽고 난 후 기분 좋은 따스함을 느꼈습니다. 항상 곁에 있어 소중함을 몰랐던 존재들을 일깨워 주고 잊고 있던 자연이 주는 향수를 느끼게 해 주는 시입니다. 작가에게 가족과 친구, 녹슬었지만 아끼는 자전거 한 대와 코스모스 옆 단풍나무가 있듯이 우리에게도 나름의 기분 좋은 것들이 있으니까요. 매일 매일 좋을 수는 없지만 찾아보면 매일 좋은 일이 있습니다. 제겐 창문을 열 때 불어오는 찬바람이 그러합니다. 아무리 답답하고 지쳐도 시원한 바람을 쐬면 상쾌해지니까요. 이런 시 하나만으로도 우리는 충분히 치유받을 수 있습니다. 빡빡한 세상 속 작은 여유일까요, 우리에게 새로운 용기와 힘을 줍니다. 이런 시 한 편으로도 우리는 세상의 아름다움을 조명하는 눈을 가질 수 있습니다.

낡은 일기장

김은정

책상 앞에서 연필만 굴리고 있다가
문득 내 기억이 닿은 곳은
서랍 세 번째 칸 깊숙이 자리한 어릴 적 일기장.

꼬장꼬장 손때가 묻어버린
나의 일기 속엔
지렁이 같은 글씨들과 유치한 일상 이야기들.

- 오늘은 준혁이와 싸우다가 엄마한테 혼이 났다.
- 아침에 눈을 떠 보니 머리 위에 선물이 있었다.
- 바다에 가서 조개를 주웠다.

온통 진부한 표현들인데도
베스트셀러에 있는 그 어떤 화려한 표현보다
나를 찡하게 하는

이제는 빛조차 바래버린

돌아갈 수 없는 그 때의

낡은 일기장.

김재은

　이 시를 읽으니 문득 책장 정리를 하다가 읽게 된 초등학교 4학년의 일기
장이 떠올랐다. 처음에는 '아직도 가지고 있어? 버려야 하나?' 생각하던 찰나
그 나이에는 무엇을 적었을까 싶은 생각에 읽었다. 학원을 많이 다녔는지 학
원 숙제가 밀려서 힘들다고 쓰고, 선생님의 위로 글도 있었다. 친구와 놀다
가 모르는 오빠한테 욕을 들은 충격, 수영장과 봉봉장에서 신나게 놀아서 기
쁜 마음, 이사를 가서 설레는 마음이 하나하나 전해졌다. 큼직큼직하게 쓴 글
씨들 사이로 추억이 새록새록 돋아 있었다. 일기를 읽으니 재미있었지만 한
편으로는 순수하고 어디 하나 모난 구석 없는 어린 시절이 나의 마음을 쩡하
게 했다. '이제는 빛조차 바래 버린 돌아갈 수 없는 그때의 일기장'처럼 다시
는 돌아갈 수 없는 시절, 일기 속에서만 만나 볼 수 있는 추억을 되새기며 나
는 이 일기장을 덮었다. 추억의 소중함을 느낄 수 있는 시였다.

자전거

아버지 출근하신 후엔 어김없이 세발자전거를 이끌고
한적한 골목길 따라 조그마한 동네를 돈다.
네 살짜리 아이들에게 커피 심부름 시키시던
약재 창고 창식이네 아주머니,
까만 머릿결을 휘날리며 뛰쳐나오는 효원이,
이젠 하얀 머릿속에서만 사는 사람들.

아파트로 이사 온 후 바뀌어버린 두발자전거 이끌고
동네 남자아이와 서로 태워주고, 밀어주고, 경주하고,
두발자전거 옆에 붙은 보조바퀴를 떼면서부터 멀어져간 아이들,
엘리베이터에서 마주쳐도 멀뚱하게 바라보는 우리 사이.

그래도 층 번호 누를 땐 내 꺼, 니 꺼 말없이 꾹꾹 눌러준다.

　시 속의 경험들이 내가 겪었던 것과 비슷하여 인상 깊었다. 자전거로 이어진 친구들이나 '보조바퀴를 떼면서부터 멀어져간 아이들', '이젠 머릿속에서만 사는 사람들', '엘리베이터에서 마주쳐도 멀뚱하게 바라보는 사이' 같은 것이 특히 나와 비슷하여 와닿았던 것 같다.

　어릴 적 나와 친구들은 경주하듯 자전거로 아파트 단지를 돌면서 놀았었다. 겁이 많은 내가 친구들에게 지지 않기 위해 열심히 페달을 굴렸던 것이 기억난다. 시간이 흐르고 보조바퀴를 뗀 자전거로 더 빠르게 달릴 수 있게 되었을 때, 우리들은 각자 놀거나 이사를 가기 시작하였고 가끔 만나도 어색한 인사를 주고받는 사이가 되었다. 사춘기가 지난 이후로는 시처럼 서로를 멀뚱히 바라보다가 '말없이 층 번호를 눌러주는 사이'가 되었다.

　다시 친해질 법도 하지만 어색하기도 하고 기억 속에서 사는 친구들이라서 그때와 달라졌을까 두려운 마음도 드는 것 같아 아직도 나는 제자리에 발 떼지 못하고 있다.

빨래

김지원

아침에 일어나 빨래를 넌다
양말, 속옷, 티셔츠

모두를 따스함으로 안아주는 해

나도 안겨 본다
힘듦, 지침, 고통

모두를 포근함으로 안아 주는 해

아침에 일어나 나를 넌다

김수아

정말 지치고 힘들 때는 사소한 것으로 위로받는다고 한다. 시에서처럼 차갑고 축축한 빨래를 따뜻하고 강렬한 햇빛 아래 줄 맞추어 널면 내가 빨래라도 된 듯 위로를 받는다. 아마 학생도 빨래를 널며 자신이 빨래가 된 듯한 느낌을 받지 않았을까 생각한다.

시를 읽고 느꼈던 것은 사람들이 빨래처럼 사는구나 하는 것이었다. 왜냐하면 세상 모든 때를 안고 세탁기에 들어가 축축해진 자신의 몸을 햇빛으로 달래는 빨래가 복잡하고 빠른 세상에 살아가는 현대인들의 삶과 비슷하게 느껴졌기 때문이다. 또한 빨래 하나하나에 '힘듦, 지침, 고통'이라는 이름을 지어주며 잠시 마음의 여유를 가지는 것처럼 보였다.

어쩌면 평범하고 일상적인 '빨래'에 위로를 담아 내어 읽는 사람까지 포근한 마음이 들게 하는 이 시가 나에게 위로가 되었다.

사진

최유진

학교 과제로 뒤덮인 내 책상
어지러워서 찰칵,

구름 한 점 없는 맑은 하늘
깨끗해서 찰칵,

화분 위 못 보던 애벌레
반가워서 찰칵,

티브이 보는 우리 가족
똑 닮아서 찰칵,

파래지는 잔디밭
눕고 싶어 찰칵,

하굣길 위 가로등
혼자 빛나 찰칵,

수다 떠는 내 친구
언젠간 못 보게 되니 찰칵,

아무도 없는 우리 집
한적해서 찰칵,

억지로 연출하지 않아
조금은 밋밋한 이 순간이
평범하고도 특별해서 찰칵,

박주연

그 순간의 특별함은 내가 만드는 게 아닐까 싶다. 시의 행을 눈으로 따라가다가 문득 '내가 살아 있음'을 느낀다. 연을 뛰어넘으면 순간을 사랑하게 해 주는 고마운 찰칵 소리가 들려온다. 평범하게 내 삶의 대부분이 그려지는 곳에서 언제든 나는 보물을 발견할 수 있다는 게 새삼 기쁘다.

어느 날 휴대폰 속 사진첩을 정리하는데 언제 찍었는지 매일 보는 하늘과 그토록 먹고 싶던 아이스크림 사진 한 장이 있는 것을 보았다. 왠지 이런 밋밋한 하늘 사진이나 이 시처럼 태평한 주말 거실 사진이 지우자니 차마 그러질 못하겠다. 그 사진을 보며 찍는 순간의 행복한 나를 떠올렸기 때문인지도 모르겠다.

달빛 아래

달빛 아래
웃고
울고

달빛 아래
다투고
화해하고

달빛 아래
만났고,
결국
헤어졌다

수년이 지난 아직도
달빛 아래 서면

노오란 꽃과도 같았던 그 시절이

내
귓가에
눈가에
흔들리며 피어오른다

황지원

세상의 태어남의 순간과 끝이 있는 순간까지, 아마 우리 곁에 달은 항상 존재할 것이다. 그리고 그만큼 달은 우리의 모든 것들을 보고 담을 것이다. 미리 말처럼 웃고, 울고, 다투고, 화해하고, 인연의 헤어짐까지.

그렇다. 유독 밤에 더 빛나는 달빛 아래에서는 많은 것들이 떠오르곤 한다. 당장 오늘 하루의 내가 떠오르기도 하고, 어렸을 적 나의 모습이 떠오르기도 하고, 그리고 친구들에게 아니면 부모님들에게 화를 내거나 짜증났던 순간들이 떠오르기도 한다. 그래서 달은 참 신기하다. 순간 잊고 있었던 기억들, 추억들을 문득 생각나게 해 주니.

이 시의 마지막 구절이다. '내 귓가에 눈가에 흔들리며 피어 오른다' 궁금하다. 수년 뒤 서로 다른 곳에 있지만 같은 하늘에 떠 있는 달빛으로 슬프기도, 기쁘기도 하였던 꽃 같은 고등학교 시절을 그 순간 함께했던 친구들, 선생님들에게 떠올리게 할까?

열아홉의 봄

언젠가
봄바람
그대 머리칼 넘길 때
곁에 내가 있을까

감았다 뜨면 보이고
들이마셨다 내쉬면 그립고

한 걸음을 내딛는
작은 마음이 뭔지 알게 해 주었던 사람

꽃잎들 나릴 때
불어오는 바람에
그대 향기 섞여와
손끝 감아쥐게 하면

나는 봄이 되었다

그때부터 내겐
봄 아닐 길 없었다

오직 그대로 채워진 이곳에서
나는 언제까지라도
길 끝자락을 찾아 헤매었다

오직 그대로 채워진 이곳에서
나는
그대를 찾아 헤매었다

끝 모를
헤매임이 끝나고

나 더 이상
봄 아닐 길 찾게 되면

언젠가
봄바람이
다시 그대 머리칼 넘길 때

곁에 내가 있을까

김유리

나에게는 햇살 비치는 따뜻한 바람 불어오는 봄날 '꽃잎들 나릴 때' 함께하고 싶은 사람들이 있다. 이 시가 나에게 그 친구들을 추억하게 해 주었다.

중학교 3학년 봄에 벚꽃이 만개한 북촌으로 나들이 갔다. 우리는 봄의 정취에 빠져 내년에도 함께 올 것을 기약하며 벚나무 사이를 걸었다. 그때는 정말 '봄 아닐 길 없었다'. 하지만 1년이 지나 다른 고등학교를 진학하면서 서로 신경 쓸 틈 없이 새로운 환경에 적응해 나가면서 바쁘게 지내다 보니 연락도 뜸해지고, 봄도 눈 깜짝할 사이였다.

지금에 와서 생각해 봐도 그들과 함께한 봄은 여전히 빛나는 기억이다. 이번에는 벚꽃이 피어날 '언젠가 봄바람이 다시' 나에게 불어와 '머리칼 넘길 때 곁에' 그 친구들과 함께하고 싶다.

2부

꽃다운 나이

부모님이라는 우산

장다연

어렸을 땐 항상 젖어 있던 그분의 어깨
왜 그땐 몰랐을까
시간이 흐르고 나서야
고개를 들어보니
그대 곁에 늘 젖어 있던 어깨

어렸을 땐 항상 커 보였던 그 우산
왜 그땐 몰랐을까
시간이 흐르고 나서야
고개를 들어보니
그리 크지도 않았던 우산

장아영

이 시를 읽으면 우리의 부모님이 지독히도 생각난다. 이 시에서 '어렸을 땐 항상 커보였던 그 우산' 이라는 구절에서와 같이 나도 어렸을 땐 부모님이 슈퍼맨인 줄 알았다. 돈도 많은 줄 알았고 강한 존재인 줄만 알았다. 하지만 이제 커서 보니 우리 엄마, 아빠는 슈퍼맨이 아니었다. 이제 꽤 늙으셨고, 돈을 버느라 뼈 빠지게 고생하는 것이 보였고, 약한 모습들도 많이 보았다. 이 모든 것을 보고 나니 '늘 젖어 있던 어깨', '그리 크지도 않았던 우산' 등의 표현이 더 마음에 와닿았고 공감을 불러일으켰다. 이 시를 읽고 나서 얼른 커서 부모님께 내가 우산을 씌어 드려야겠다는 생각을 하였다.

경상도 사람이라서

이다운

언니에게서
전화가 왔다

— 잘 지내나

말 한 마디에
반갑다 서글프다 눈물 난다 보고 싶다

한 마디로 답했다

— 잘 지내여

괜찮게
썩
잘 지내고 있어

가끔,

언니가 보고 싶은 날을 빼고는…

최은정

　언니와의 간단한 통화를 기록한 시이다. 언니가 뭐길래 이토록 애달프단 말인가, 라고 생각하는 사람들도 많을 것 같다. 언니와 서로 의지하고 아껴 주며 항상 같은 집에 살다가 언니가 대학교로 떠나 버리고 나는 종종 전화를 한다. 이야기할 것이 있어서 전화하는 것이 아니다. 그저 목소리 한 번 듣고 싶어서 전화를 한다. 오랜만에 듣는 언니의 목소리, 그 특유의 상주 사투리로 듣는 언니의 목소리는 사람을 괜히 울컥하게 한다. 우리의 대화도 이 자매의 대화와 크게 다를 것이 없을 때가 많다. 그저 전화 연결음 후에 들려오는 서로의 짧은 한마디로 서로에게 위안을 준다.

나를 위해

이소현

어둠을 찌르는 따가운 시계소리를 당연히 여기시기 때문입니다
짓누르는 피로를 밀어내고 몸을 일으키시기 때문입니다
숨소리를 죽인 채 방문을 열고 나오시기 때문입니다
냉장고를 열고 가스렌지에 불을 붙이시기 때문입니다
참으로 조심스럽게 딸애의 방문 손잡이를 돌리시기 때문입니다
나즈막하고 부드러운 목소리로 딸애의 이름을 불러주시기 때문입니다

눈을 비비며 짜증내는 딸애의 등을 토닥거려주시기 때문입니다
김이 피어오르는 밥을 정성스레 담아주시기 때문입니다
딸애의 숟가락질을 보고 미소짓고 있기 때문입니다
흐트러진 옷깃을 매만져 주시기 때문입니다
차갑게 나가버리는 딸애에게 밝은 목소리로 잘 다녀오라 하시기 때문입니다

급히 뛰어가는 뒷모습을 창문 너머로 안쓰럽게 바라보시기 때문입니다

그 모습이 보이지 않아도 발을 떼지 못하시기 때문입니다

하루 종일 걱정하고 계시기 때문입니다

하루 종일 기다리시기 때문입니다

하루 종일 생각하시기 때문입니다

하루 종일 주기만 하시기 때문입니다

박지은

이 시를 읽고 어쩌면 당연히 여겼던 부모님의 사랑에 대해 다시 생각해 보게 되었다. 아침마다 '따가운 시계소리', '짓누르는 피로를 이겨내고', '가스레인지에 불을 붙이고' 등을 통해 매일 아침마다 피곤한 몸을 일으켜 나를 위해 아침을 지어 주시는 어머니의 모습이 떠오르며 공감되었다. 또한 '차갑게 나가 버리는 딸에게 밝은 목소리로 잘 다녀오라 하신다'라는 구절에서 아침에 등교 준비 하느라 바빠 잦은 투정을 부리는 나에게 항상 웃으시며 잘 다녀오라고 손 흔들어 주시는 아버지가 생각이 났다.

어린아이

김효옥

칠순 날 곱디곱던 할머니가
아빠만 찾는
어린아이가 되었다.

아빠가 아니면
입을 꽉 다문 채
먹던 밥조차 뱉어내는
어린아이가 되었다.

아빠가 가지 못하게
손을 꼭 잡고서
깨지 않는 잠을 이룬
어린아이가 되었다.

생일을 손꼽아 기다리던

어린아이의

생일 상 촛불에서

향냄새가 난다.

지홍신

　이 시는 학생의 할머니를 담은 시이다. 이 시에서 할머니의 병과 죽음을
직접적으로 언급한 적은 없다. 하지만 그럼에도 불구하고 학생과 할머니가
처한 상황들이 머릿속에 그려진다. 시의 마지막에 초에서 향냄새가 난다고
했는데, 이 부분을 읽으면서 안타까움이 들지 않을 수 없었고, 담담한 문체
속 학생의 슬픔이 느껴지는 것 같았다.

　이 시를 읽고 제페토 시인의 〈키스〉라는 시가 떠올랐다. 그 시에서는 치
매를 미처 늙지 못한 마음이라고 표현했다. 그 시에 따르면 이 시의 할머니
께서도 환자가 아닌 그저 미처 늙지 못한 마음을 가지신 분이다. 어쩌면 항
상 든든한 어른이셨던 할머니가, 한 번쯤 자신의 어리고 여린 마음을 표현해
보고 싶으셨던 것이 아닐까하는 생각이 들었다.

　직접적인 표현은 없지만 오히려 그로 인해 더 많은 상상력을 발휘해 풍부
한 감정과 상황들을 그려 볼 수 있었던 시라고 생각한다.

별
- 할머니 생각

유주원

그거 알아?
죽은 사람은 별이 된대
그러니 너무 슬퍼하지 마

낮에는 보이지 않아도
널 지켜줄 거야
밤에는 너를 위해
빛을 낼 거야

그러니 너무 슬퍼하지 마

김혜림

이 시를 처음 봤을 때는 시의 내용과 달리 친구에게 덤덤하게 말하는 것 같았다. 그런데 계속 읽다 보니까 덤덤한 말투에 오히려 깊은 슬픔과 그리움이 담겨 있는 것 같았다. 죽은 사람은 소중한 누군가를 지켜 주고 빛이 되어 준다는 말이, 그러니 너무 슬퍼하지 말라는 말 하나하나가 마음을 찡하게 만들었다. 시를 읽으면서 나에게 별은 어떤 의미를 담고 있는지 생각해 보았다. 가끔은 걱정스러운 마음을 비우고 마음을 편안하게 만들려고 별을 볼 때도 있고, 누군가가 보고 싶거나 슬플 때 밤하늘을 쳐다보며 위안을 얻고는 했다. 이 세상 모든 사람들은 같은 밤하늘을 보며 어떤 생각을 할까? 그들도 나처럼 별 속에서 그리운 사람을 보고 있을까?

서형민

처음에 '별'이라길래 소망이나 희망적인 시인가?라는 생각이 들었다. 하지만 제목 밑의 소제목에 '할머니 생각'이라고 적혀 있어서 아, 할머니에 관한 시구나, 라고 깨달았다.

내가 이 시를 정한 이유는 우리 할머니가 생각나서이다. 나는 이때까지 살면서 소중한 누군가의 죽음을 겪어 보지 못했다. 아니, 겪기에는 아직 어리다고 생각했었다.

그런데 최근에 우리 외할머니께서 아프시다는 말을 들었고, 너무 무섭고 슬펐다. 나를 떠날까 봐. 솔직히 '슬프다'라는 말로 다 설명되지 못할 정도로 슬펐다. 아직 어린 나에겐 소중한 누군가가 나에게서 떠나간다는 것이 너무 생소하고 두려웠다. 그런데 이 시에서는 슬퍼하지 말라며, 나를 영영 떠나는 것이 아니라 별이 되어 하늘에서 나를 지켜 주는 것이라고 했다. 이 말이 너무 가슴에 와닿았다.

엄마 지갑

누나는 맨날 엄마에게
옷을 사 달라고 조른다.
엄마는 대꾸도 안 하고
그냥 방으로 들어간다.
누나는 화를 내며
자기 방문을 '꽝' 닫고 들어간다.
살짝 열린 방문 틈으로
엄마를 보았다.
엄마는 지갑을 꺼내 보며
돈이 얼마나 남았나,
한숨을 쉰다.

김미리

　나도 이 시의 '누나'처럼 엄마에게 옷을 사 달라고 조른 적이 있다. 아마 내 또래의 소녀들은 모두 그런 경험이 있을 것이다. 내가 조를 때면 엄마는 이 시에서처럼 무시하기 일쑤다.

　이 시를 읽고 엄마가 나의 말을 어떤 마음으로 무시한 건지를 생각해 보았다. 이 시처럼 한숨을 내쉬지 않았던가. 미안하단 생각이 든다. 나는 너무 나 자신만 생각했던 것 같다. 나의 말을 무시한 엄마를 내가 무시하고 있었다. 그리고 내가 엄마를 지갑처럼 대한 것은 아닌지 반성해 보았다.

아버지

아버지, 하고
불러보고 싶지만
이제 다신 올 수 없는 곳으로 출장을 가셨죠

아버지 출장갈 때
그리도 울었건만
아버지는
냉정하게 떠나셨어요

다른 분들은
따뜻한 말 한 마디 해 주건만
평소에 정 많은 우리 아버지
말 한 마디 없으셨죠

지금이라도

단 한 번만 볼 수 있다면
넓고 포근한 그 품에 안겨 묻고 싶어요

그때 왜 그리 냉정했는지
가기 전 하고 싶은 말은 없었는지

다시 한 번 볼 수 있다면
아주 길고 긴
이야기 나누고 싶어요
다시 한 번 볼 수만 있다면…

김연수

　나는 아버지와 항상 서먹서먹했다. 그래서 이 시가 나에게는 새롭게 다가왔다. 아버지에 대한 감정들이 많이 없는 이유에서였다. 시를 읽고 나서 '지금 당장 나의 아버지가 돌아가신다면?' 하는 생각이 들었는데, 지금까지 이어온 나와 아버지의 관계에 대해 되돌아볼 수 있었다. 나는 아버지와 함께한 좋은 추억이 없다. 아버지는 나에 대한 관심도 없는 듯했고, 단지 내게 돌아오는 것은 관심이 아닌 잔소리뿐이었다. 나는 그런 아버지가 싫었고 또 미웠다. 평소에 내 생각을 하시기는 할까 의심하기까지 했다. 하지만 결코 그렇지 않다는 것을, 이제는 알기에, 아버지의 마음을 알고자 하고 이해해 보려 한다. 그래서인지 시가 전체적으로 내게 와닿지는 않았지만, 유난히 '아주 길고 긴 이야기 나누고 싶어요'라는 구절이 맴돌았다.
　지금 당장 나의 아버지가 돌아가신다면 생길, 서로의 냉랭함에 대한 후회를 남기지 않기 위해, 내가 지금 해야 할 일이라는 생각이 들었다. 먼 훗날에 갑작스러운 이별을 받아들일 수 있는, 그러한 사이가 되도록 말이다.

할머니

조해진

오늘 아침도 할머니는
구부러진 허리와 아픈 다리로
닭장 문을 열어 주시고
먹다 남은 밥을 개에게 주신다.

내가 학교에 가고 나면
할머니는 깨도 찌고
고추도 따고, 토끼 풀도 먹이신다
온갖 일을 다 하신다.

오늘도 내가 학교에서 돌아오니
할머니는 마늘을 까고
빨래를 개고 계신다.
도토리를 주우러 간다고 하신다.

그런 우리 할머니는 저녁마다
앓는 소리를 하신다.
소금을 달궈 허리를 지지신다.

할머니와 같은 방을 쓰는 나는
냄새가 난다고 싫어하지만
날마다 할머니의 팔을 베고 잠이 든다.

김시온

'할머니'라는 단어, 왠지 모르게 마음이 시큰해진다. 매일 할 일이 생겨 끝이 없는 집안일, 청소하시고 밥 차려주시고…. 그래서 밤마다 앓는 소리를 내신다. 항상 바쁘게 일하시면서도 나를 늘 걱정하셨던 할머니. 갑자기 비가오던 날엔 우산을 들고 버스 정류소까지 나와 기다려 주셨던 기억, 이 모든게 너무 감사하기도 하면서 너무 많은 빚을 진 것 같아, 할머니를 생각할 때마다 마음이 무겁다. 요즘은 할머니를 보면서 항상 마지막이라 생각하며 더잘해 드리려 노력한다. 팔을 베기도 죄송할 정도로 팔 아파하시지만, 오늘은왠지 할머니 품에 안겨 잠이 들고 싶다.

밥상 앞에서

이청기

감기는 눈을 치켜뜨며
아버지와 마주 앉았다.
밥상 가운데 놓은 찌개가 조용히 끓어오른다.
아버지가 먼저 한 숟갈 입 안으로 들이미신다.
밥알을 씹으시며 내 성적을 물어 보시기에
나도 얼른 찌개를 한 숟갈 떠서
입 안에 넣으며 우물거린다.
뜨끈한 국물을 삼키며
걱정 마시라 하고 아버지 눈치를 살폈다.
알았다며 조용히 웃으면서 반찬을 집으신다.
굳은살이 터박하게 박힌 아버지 손과
구릿빛 굵은 팔뚝을 보며
슬며시 수저를 만지작거렸다.

정시윤

　이 시를 읽고 가장 먼저 떠오른 것은 바로 나 자신이었다. 열심히는 하지만 내 마음처럼 성적이 오르지 않고, 나에게 거는 기대가 없으신 것 같지만, 항상 걱정하는 말투로 무심하게 나의 성적을 물어보시는 아버지의 모습이 이 시를 읽으면서 내 머릿속에 재생되었다.

　나 또한 아버지와 같이 밥을 먹을 때 혹시나 나에게 성적이나 공부에 대해 물어볼까 봐 겁이 나서, 후다닥 재빠르게 밥을 먹고 자리를 뜨는 경험을 적지 않게 하였다. 가끔씩 아버지가 나에게 성적을 물어보시면 이 시의 '걱정 마시라 하고 아버지의 눈치를 살폈다'라는 구절처럼 행동하곤 하였다. 그럴 때마다 아버지는 더 이상 나에게 아무것도 묻지 않으시고, 열심히 하라는 말씀으로 묵묵히 식사를 마저 하신다. 그러면 나도 모르게 수저를 만지작거리며 슬그머니 일어선다.

꽃다운 나이

마주언

사진기 든 푸석한 손이
쪼그린 앙증맞게 짤막한 다리가
귀여워, 소녀야

내가 있어서
엄마고 아줌마지
여전히 소녀야

입만 산 잘난 딸래미
학교에 데려다 준다고
지친 몸 일으키니

관심 두지 못해
남몰래 버림받은
소녀의 꽃

놓아드리고 싶다고, 더는

나를 위해 살지 마요

말하고 싶은데

못하겠어, 미안해

사진기 든 푸석한 손이

쪼그린 앙증맞게 짤막한 다리가

꽃답다, 소녀야

내게 꽃으로 돌아와

안아줄게

내가 아직 어려서 미안해

정아영

　이 시를 읽으면 엄마의 소녀 같은 웃음이 떠오른다. 내가 그 웃음을 알게 된 것은 얼마 되지 않았는데 엄마는 엄마의 친구들과 소녀같이 깔깔대며 웃고 있었고 나는 그 웃음을 보고 왜인지 모를 죄책감이 들었다. 이 시를 쓴 친구는 언제 엄마가 여전히 소녀라는 것을 느꼈는지 모르겠지만 나와 같은 것을 느꼈다는 것에 이 시에 큰 감동을 받았다. 특히 '더는 나를 위해 살지 마요 말하고 싶은데 못하겠어, 미안해'라는 구절이 마음에 와닿았다. 내가 자주 엄마에게 느끼는 감정이기 때문이다. 내가 시에서처럼 그렇게 말하지 못하는 이유는 시에서 '내가 아직 어려서 미안해'라는 구절처럼 나는 아직 엄마의 도움이, 손길이 필요한 것을 알기 때문이다. 이 시는 내가 엄마에게 느끼는 감정을 그대로 담고 있어서인지 감정이입이 많이 된다.

두 번 다시 없을 사랑

정우애

엄마……. 엄마…….
왜 부르기만 해도 눈물이 나는 걸까?

우리 언젠가는 이별해야 할 텐데
이렇게 서로 사랑해도 되는 걸까?

두렵다는 말, 가슴 아프다는 말
사랑이란 이름의 또 다른 말이 맞나봐

어느 별에서 또다시 만나야
이보다 더 애타게 그리워하고

어떤 모습으로 또다시 만나야
이보다 더 뜨겁게 사랑할 수 있을까?

정다정

　제목에서 정말 한 번뿐인 사랑, 즉 두 번 다시 없을 사랑이 바로 어머니의 사랑이라는 것을 깨닫게 되었고, 공감할 수 있었다. '우리 언젠가는 이별해야 할 텐데'라는 구절에서 엄마와 언젠가는 이별해야 한다는 것을 잘 알고 있는 나지만, 평소에 잘해 드리지 못하는 나의 모습을 반성할 수 있었다. '왜 부르기만 해도 눈물이 나는 걸까?'라는 구절에서 평상시에도 엄마라는 이름은 단어 그 자체만 들어도 슬프다는 생각을 하곤 했는데 그래서인지 이 구절에 공감할 수 있었고, 더 와닿았던 것 같다. 이 시에서 글쓴이가 아직 어머니를 그리워하고 사랑하기에 한 번 더 어머니의 사랑을 받고 싶어 하는 것을 느낄 수 있었다.

장진성

　'왜 부르기만 해도 눈물이 나는 걸까?'라는 부분에서 나 또한 이유 없이 엄마라는 단어만 들으면 울컥한다. 모든 사람이 그럴 것이다. 처음에는 내가 엄마한테 못되게 군 것이 많아 미안해서 그런가? 라는 생각과 여러 가지 생각을 해보았다. 하지만 아직도 정확한 이유는 모르겠다.
　'우리 언젠가는 이별해야 할 텐데 이렇게 서로 사랑해도 되는 건가?'라는 부분에서는 이해가 되지 않았다. '이별을 한다고 해서 그 사람을 많이 사랑하면 안 되는 건가?'라는 생각을 했다. '이별해야 하는 시간이 있기 때문에 후회하지 않게 더 많이 사랑하는 게 낫지 않나?'라는 생각을 했다.
　이 시를 읽고 엄마의 사랑과 모녀관계에 대해서 다시 생각해 보는 계기가 되었고 아빠 생각이 났다. 항상 아빠들은 엄마들보다는 뒤에 있다. 아빠에 대한 시도 한번 읽어 보고 싶다는 생각을 하게 되었다.

손

비가 초록초록 내리던 가을밤
우산 아래 나의 작은 시선에 담긴
크고 높은 대형 마트 건물, 화려한 조명

마트 앞을 오고가는 사람들 속에
나는 할아버지의 커다란 손을 잡고
할아버지는 자그마한 내 손을 잡고

거칠지만 너무나도 따뜻했었던
작은 손에 꼭 들린 아이스크림에
마냥 행복했었던

그때는 알지 못했다
한 걸음 두 걸음 넘어온 빗길이
잊을 수 없는 밤길이 될 줄은

그때는 알지 못했다

할아버지의 손이

무엇보다 보드라웠다는 것을.

김은지

　화자가 할아버지의 손을 그리워하는 것처럼 나는 할머니의 손이 그립다. 내가 어렸을 적 할머니는 매일 저녁마다 나와 동생들을 데리고 시원한 공기를 마시며 같이 산책을 했었다. 가끔은 옥상에서 함께 별을 보며 잠에 들기도 했었다. 그 때는 그런 시간을 보내는 것을 당연하다고 생각했기 때문에 '그때는 알지 못했다'라는 말이 너무 안타깝고 슬프게 들렸다. 많은 시간이 지난 지금 나는 할머니와 산책을 하지도, 함께 별을 구경하지도 못한다. 이제 그런 일들은 추억이 되었다. 이젠 할머니와 같이 산책을 하진 못하지만 나는 할머니와 함께한 행복했던 시간을 잊지 못할 것이다.

할아버지와 할머니

강애리

초등학교 어릴 적, 수업 중
부리나케 달려간 병원
그곳 침대 위에
할아버지가 누워 계셨다.

그 후론
걷는 것도
일어서는 것도
혼자선, 할 수 없게 되신 할아버지

그런 할아버지를 간병하시느라
옆집 할머니 집 마실 한 번 가지 않으신 할머니
8년이란 긴 세월
불평 한번 없이
매일 매일

틀니 닦아주고
대소변 가려주시는
할머니

그런 할머니에게
할아버지는
"할매, 내가 다 나으면
호강시켜 줄게"
하시면

그럼 할머니는
"밥이나 먹어"
하신다.

안소은

　이 시에 나오는 할아버지와 할머니의 사랑은 변함없이 한결같다. 이 시를 읽고 우리 외할머니와 외할아버지가 생각났다. 외갓집에 갈 때마다 보는 두 분의 일상은 참 예쁘다. 귀가 잘 들리지 않으시는 외할아버지에게 외할머니는 "저 놈의 영감" 하면서도 항상 잘 알아들으시도록 큰소리로 반복해서 말씀하시고, 어디 나가시면 춥다고 목도리를 해드린다. "밭에 가서 깻잎 좀 따오소!", "기훈이 올 때 됐으니 문 좀 열어 두소!" 외할아버지는 그런 할머니에게 알아들으셨는지 못 들으셨는지 허허 웃으신다. 세월이 흐르고 나이가 들어도 여전히 나를 사랑하는 사람이 있다는 것은 행복이다. 그렇기에 나는 노부부가 다정하게 공원을 산책하고 서로 챙겨 주는 모습이 가장 아름답다. 나도 나중에 나이가 들면 그렇게 평화롭게 살고 싶다.

짬뽕 두 그릇

언니의 고등학교 졸업식 날
주머니 속에 달랑 5,000원짜리 하나

졸업 선물로 밥 사 준다며
집 근처 짬뽕 집으로 끌고 들어가
주문한 짬뽕 한 그릇

부엌 너머로 아주머니의 화난 목소리가 들렸다
- 아니, 뭣 하러 두 그릇을 만들어 줘!

슬며시 웃으며 나타난 아저씨의
주름지고 단단한 손
앞에 놓인
따스한 짬뽕 두 그릇

    언니보다 나이가 어린 동생이 아직 돈을 벌지 않으니까 자신이 가지고 있는 오천 원으로 짬뽕을 사 주는 게 너무 순수해 보여서 좋았다. 그것도 완전한 짬뽕 한 그릇이 아닌 나누어 담은 두 그릇을.

    그리고 시를 읽으면서 나는 오빠가 졸업을 하였을 때 무엇을 해 주었는지 떠올려 보게 되었다. 시를 읽으면서는 '겨우 반 그릇?'이라고만 생각해 보았는데, 정작 나는 오빠에게 해 준 건 축하한다는 메시지밖에 없었다. 다시는 오지 않을 졸업식에 한 번 가 보지도 선물을 주지도 못한 게 마음에 괜스레 거슬린다.

    마지막 연에서 아주머니께서 두 그릇을 만들어 달라는 말에 성질을 내셨지만 결국엔 두 그릇을 가지고 나타난 아저씨를 보면서 마음이 따뜻해졌다.

눈

지난 새벽
새하얀 눈이
펑펑 내렸다

너무나 새하얘서 눈부셨다

도로의 새하얀 눈이
차에 치여
시커매지고

빗자루에 쓸리고 뭉쳐
딱딱하게 굳어졌다

지난 새벽
이 하얀 눈을 헤쳐

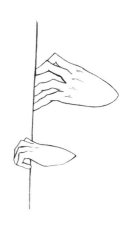

일하러 나가시던
아버지의 모습이

지난 새벽
이 하얀 눈을 헤쳐
아버지 가시는 길을 닦던
어머니의 모습이

너무나 새하얘서 눈부셨다.

박주언

눈이 오면 우선, 모든 게 느려지고 발을 내딛기 조심스러워서 저절로 몸이 웅크려진다. 그럼에도 일하러 나가시는 아버지를 위해 그 굼뜬 몸을 일으켜 어머니는 눈을 쓰신다. 그것을 지켜보는 사랑스러운 '나'의 모습이 눈에 선명히 그려져 웃음이 지어진다. 아마 내 머리 가에도 어린 시절의 비슷한 풍경이 떠올라서일 것이다.

지붕도 도로도 나무도 모든 게 새하얗게 지던 어느 겨울 날, 그때 아버지, 어머니 쉬는 날이셨고 우리 남매는 학교를 가는 날이었다. 눈 때문인지 더욱더 가기 싫은 몸을 억지로 흔들며 길 나서는 찰나에, 눈앞에 우리가 항상 가던 길에만 다소곳이 눈이 치워져 있는 것이 보였다. 세상 모르고 쿨쿨 구르던 그 시각에, 얇은 외투 하나 달랑 걸치고 언 손 꾹꾹 눌러가며 눈 쓰레받기 들고 마을을 도셨을 아버지가 아른거리면서 그때가 머릿속에 쏟아진다. 이 추억이 나에게 이토록 눈부시게 되었다.

3부

쉽게 써진 시

지금은 0교시

박수빈

아래에 누군가 있다.
고개를 숙이게 만드는 그대

그대는 누구십니까?

박주언

　내 학교는 학교 프로그램 내에서 여러 가지 활동들을 한다. 그 중에서도 미라클이라는 희망찬 말을 두른 0교시는 매일 아침 우리들을 뜬 눈으로 졸게 만들었다. 이 시에 책상 아래 누군가와 이마를 맞대려 하는 사람은 다름 아닌 어제의 '나'이고 내일의 '나'다. 왜 자꾸 숙이게 하느냐 어딘가에 분풀이를 할 수도 없다. 항상 나를 혼내시는 선생님의 말씀에 수긍하는 수밖에 없다. 그게 내가 0교시를 대하는 자세이다. 하고 싶지 않다는 생각과 잠에서 자유로워지고 싶은 내 마음을 이 시는 온몸으로 표현하고 있다. 완전히 우리의 일상 그 자체여서 누구보다 잘 느낄 수 있지만 왠지 우리 학교만이 아닌 여러, 어쩌면 전국의 인문계 학교가 다 같을 것 같아 씁쓸하기도 하다.

　수업 중 졸고 있는 상황을 아래에 누군가가 있어서 그런 것 같다고 표현한 부분이 재미있다. 하지만 그 속에 우리의 안타까운 현실이 드러나서 슬프다.

김민정

　처음 짧은 시의 길이에 눈길이 사로잡혀 제목을 읽지 않은 채로 내용을 읽었다. 작가가 의도한 것일까, 나 역시 그대가 누구냐는 질문에 잠시 멈춰 생각에 잠기게 되었다. '그대' 라는 말 하나에 강압적인 느낌과 달갑지 않은 '그대'를 떠올리게 하고, 나도 모르게 아래를 힐끔 쳐다보게 된다. 그때서야 제목이 궁금해서 올려다보는 순간, 푸핫, 웃음을 지어낼 수밖에 없다. '그대'는 우리 학생 모두와, 이미 어른이 되어 버린 사람들이 함께 겪은 '0교시'였던 것이다. 지루하다는 생각 대신, 학생의 눈으로 모든 사람들의 마음을 웃게 해 줄 시가 바로 이 시가 아닐까?

달리기

출발!

 달려라더빠르게벗겨진신발을뒤돌아볼시간은없다도장은일
등에게만찍어줄거야쉬지마라뒤돌아보아도출발점이보이지앉
고고갤들어도도착점이보이지 앉아그래도눈감지마네가서있는
곳도보이지앉을테니숨이턱까지차올라도내뱉지마고통의시간
을삼켜숨쉬지마

 넘어졌다

 이제야 하늘이 보인다
 숨을 쉴 수 있다

쉼표 없이 달려가는 모습이 눈에 보여 읽으며 덩달아 숨이 찼다. 결승선을 통과하기 위해 열심히 달린다. 그 결승선까지 가는 길에 무엇이 있는지, 길 위에 펼쳐진 하늘이 얼마나 아름다운지 모른 채, 결국 넘어져서야 눈에 보이는 파란 하늘. 그제야 내쉬는 숨.

사실 우린 결승선까지만 알고 그 다음은 알지 못한 채 무작정 달리곤 한다. 세상은 달리다 넘어지면 그것을 실패라 부른다. 어서 빨리 일어나라고, 일어나 다시 달리라고 우리를 재촉한다. 하지만, 넘어지고 나서야, 세상이 말하는 실패를 하고 나서야 비로소 우리는 하늘을 보고 숨을 쉴 수 있게 된다. '멈추면 비로소 보이는 것들'이 진짜 우리가 삶에 필요한 것이 아닐까 생각해 본다. 더 많이 실패해 보고, 더 많이 넘어진 다음에 더 많이 숨을 고르고 한 발짝씩 나가다 보면 인생은 멋진 여행이다.

쉽게 써진 시

- 윤동주 시인의 시를 변주하여

박소현

다가설 수 없는 창밖에
햇살은 살랑거려
끝이 없는 시험의 나라

학생이란 슬픈 천명인 줄 알면서도
한 줄 시를 적어볼까

걱정과 미안함으로 가득 채웠지만
마냥 행복해 할 수 없는
사랑하는 사람의 문자를 받아

끊어질 듯 책가방을 메고서
친구를 이겨야 한다고
남은 일 년만 희생하면 된다고
잘하고 있다고 말해 주는 이는 없는

외로운 수업 들으러 간다

생각해 보면 꿈 많던 어린 날
하나 둘 죄다 잃어버리고

과연 내게 오긴 할까 싶은
신기루 같은 미래만
허우적대며 살아간다

나는 무얼 바라
나는 다만 밤늦게 앉아 있는 것일까
하고 싶은 것 하며 살기 어렵다는데

시가 이렇게 쉽게 써지는 것은
부끄러운 일이다
모두들 공부하는 밤에 홀로 남아
이렇게
시를 쓰는 것은

박수연

우리는 학생으로서 학교에서의 반복된 일상에 적응하고 더 좋은 대학에 가기 위해 부단히 노력한다. 시에서 나타난 고뇌는 생소하지 않았다. 내 주변 친구들만 봐도 그렇다. 공부를 하다가 밤을 새우고 높은 성적을 받지 못하면 스트레스를 받는다. 학교를 나가지 않을 땐 학원에 가고 남은 시간에는 숙제를 해야 한다. 하지만 모두 다 같이 하는 것이기에 그에 맞춰 적응하려고 애쓴다.

늦은 밤 시를 쓰고 있는 화자의 모습이 상상되었다. 시의 모든 구절은 공감 되었고 슬펐다. 현실에 대한 고뇌가 쉽게 써진 시를 더욱 안타깝게 만든 것일까, 오늘도 학교에 등교해서 똑같은 일상을 반복하는 우리의 모습을 되돌아보게 된다.

야자 시간

강시혜

종이 위 굴러다니는 샤프들
어디에는 만화책, 잡지책 넘기며
웃음을 참고
어디에는 친구와 잡담을 하느라
공부는 뒷전
풀리지 않는 수학문제에
일그러진 얼굴들.

하품인지 한숨인지
여기저기서 들려오는
아 - 아 - ㅁ
늘어진다.

꼬불꼬불 글씨,
무언가 빽빽이 적혀 있는 희미한 종이를

뚫어지게 쳐다보다가
앞에 있는 친구 뒤통수에
인사만 하는 오뚝이들.

시계는
여전히 한결같은 방향으로 달려가고
우리는
여전히 한결같은 모습으로 앉아 있다.

이회리

고등학생 시절에만 있는 '야자시간'이라서 싫은 자습이지만 매 시간마다 울컥하는 마음을 달래가면서 공부했다. 친구들의 뒤통수를 보는 그 시간이 좋았던 그 시간.

같이 울고 같이 웃고 같이 환호하던 그 시간이 지금에서야 좋았다고 말할 수 있게 됐다. '우리는 여전히 한결같은 모습으로 앉아 있다'라는 구절에서 지금 내가 하고 싶은 말이라고 생각됐다. 시간은 가고 세상은 변해가지만 우리는 항상 그곳에서 그 모습이었던 '나'로 앉아 있을 뿐이라고. 그러니 멀리 가지 말라고 이야기해 주고 싶다고 느낀 구절이었다.

'우리'일 때의 시간이 나에겐 가장 소중한 시간이다. 그냥 그렇게 말하고 웃고 떠들고 울 수 있었던 그 시간이 너무나도 소중했다.

임은혜

고등학교에 올라와서 수없이 야자시간을 경험하면서 친구들을 많이 봐왔다. 속닥거리며 정신없는 친구들이 가장 먼저 떠오르는데 그것 때문에 집중이 되지 않아 스트레스를 많이 받았던 기억이 난다. 그리고 볼 때마다 수학 공부를 하고 있는 애들이 있다. 물론 좋은 점수를 놓치지 않기 위해서 하는 거겠지만 숙제가 어지간히도 많나 보다. 그래도 술술 풀어 나가는 친구의 모습이 신기하기만 했다. 나는 잠이 많아 시험기간이 아닌 야자시간이면 종종 자곤 했다. 그래도 자습시간이니 내 공부를 할 수 있는 시간인데 하다 보면 졸리기 일쑤다. 졸음을 참고 열심히 하는 친구들도 보았지만 선생님이 들어오지 않는 틈을 타 모든 걸 내려놓고 마음 편히 엎드려 자는 친구들을 볼 때마다 공부하느라 고생하고 피곤해하는 모습을 보아 마음이 뭉클해지곤 한다. 따뜻한 히터가 우리 반을 감싸고 아늑한 느낌이 들었을 때쯤 고개를 들어 교실을 둘러볼 때, 까딱까딱 하면서 잠에 취해 있는 애들이 생각 나, '앞에 있는 친구 뒤통수에 인사만 하는 오뚝이들'이라는 부분에서 인상이 깊었다.

늦잠

유수경

시험이라 자정을 훌쩍 넘어 들어온 나를
눈 빨갛게 기다리던 엄마
오늘 아침에도
입안이 하얗게 헐어버린 나를 부르신다
못 들은 척 이불 끌어당기는데
불쑥, 쌀 씻느라 서늘해진 엄마 손이 들어온다
더듬더듬 엄마 허리에 팔을 걸치면
몽실몽실한 엄마 배
"어이구, 그냥 엄마도 같이 잘까?"
이 맛에 나는 매일 아침
선생님의 몽둥이에 쫓겨 교실로 들어간다

김유리

　나는 아침잠이 많은 편이다. 그래서 항상 아침마다 할머니가 깨워 줘야 일어날 수 있다. 아니면 매일 늦잠을 자서 학교에 지각을 한다.

　이 시에서 늦잠에 엄마와의 작은 추억이 있는 것처럼 나에게는 할머니와 함께한 소소한 추억이 있다. 이른 아침에 내가 등교시간에 맞추어 아침에 일어나지 못하고 잠에 취해 있을 때, 할머니는 나의 이름을 부르면서 이불 속으로 차가운 손을 집어넣는다. 그렇게 그 차가운 온기에 잠을 깨고 나면 할머니는 나를 손을 맞잡고 일으켜 세워 준다.

　매일 반복해도 지루하지 않은 일이다. 시에서 말한 '이 맛'이 이런 건 아닐까. '이 맛에 나는 매일 아침' 기분 좋은 하루를 산다.

학원 수업 마치고

김건휘

학원 수업 마치고
집까지 터벅터벅 걸어간다.

나 때문에 잠가 놓지 않은
대문을 여니 불이 환하다.

먼저 안방으로 간다.
기다리다 지치신 어머니는
리모컨을 손에 쥔 채 주무신다.
텔레비전을 끄고
살포시 문을 닫고 나왔다.

옷 갈아입고 세수하고 나니
시계는 한 시 반
핸드폰을 보니 26일 수요일이라 되어 있다.

좀 전만 해도 25일 화요일이었는데

하루를 마친 시각이 오늘이 아니고 내일이다.

이예나

　이 시는 제목부터 나의 눈물샘을 자극시켰다. 왜냐하면 '학원 수업', '마치
고'라는 단어가 나에게 너무나도 직접적이고 뭉클하게 다가왔기 때문이다.
하지만 제목은 시작에 불과했다. 시의 단락을 한 문단씩 읽으면서 내려가니
소름이 돋을 정도로 나의 이야기와 닮아 있었다. 그래서 더욱 공감이 갔고
눈물이 흘렀다. 이 시의 마지막 구절인 '하루를 마친 시각이 오늘이 아니고
내일이다'는 구절이 정말 가슴을 아프게 했다. 지금은 고등학생뿐만 아니라
초등학생들마저도 하루가 24시간이 아닌 24시간 이상이 자신의 하루일 것
이다. 그래서 그런지 이 시는 우리나라의 교육을 비판한다는 느낌을 받았다.
과연 누구를 위해서 공부하는 것이고 누구의 행복을 위하여 공부하는 것인
지 생각해 봐야 할 문제라고 생각했다. 또한 시를 읽으면서 우리나라의 교육
이 조금 더 좋아지고 나아지기를 생각했다.

별

이수인

인적이 드문 시간.
가로등만이 쓸쓸하게 서 있는
아파트 단지에 들어서면
언제나 적막감이 나를 반긴다.

터질 듯한 가방을 어깨에 메고
그나마 다 넣지 못한 책은
양손에 한 아름 안아들고서
무거운 발걸음을 옮기다 무심코
까만 하늘을 올려다보았다.

별빛을 모두 삼켜버린 어둠이
마치 주인인 양 하늘을 차지하고 있었다.
새까만 내 마음처럼.

"이건 북두칠성, 저건 카시오페이아,
그 가운데 가장 빛나는 별이
바로 북극성이란다."

엄마 손 잡고 논길을 걸으며
금방이라도 쏟아질 듯
밤하늘에 한가득 걸려있는 별을
목이 아프도록 올려다본 게 언제였을까.

그때 그 별들만큼이나 많던
북극성만큼이나 빛나던 꿈은
어디론가 사라지고
밤하늘을 따라 흐르던
은하수의 푸른 물결도
자취를 감추어 버렸다.

그러나 언제부터인가
작은 별 하나가
숨이 막힐 듯한 어둠을 물리치고
세상에 얼굴을 내밀었다.

어둠을 몰아낸 그 용감한 별처럼

내 마음에도 별이 뜨겠지.

그지도 밝지도 않지만

지친 마음을 밝혀줄 수 있는

그런 아름다운 별 하나가.

정예은

나는 평소에 집 가는 길에 밤하늘에 떠 있는 별을 보는 것을 좋아 했었는데, 최근 바쁘고 또 집에 들어가 지친 몸을 쉬게 하고픈 마음이 커서 하늘은 커녕 땅바닥만 보면서 살았다. 이 시를 읽으면서 이런 나의 힘들고 어두운 일상도 밝게 빛나는 미래를 위해 존재한다는 것을 느끼게 되면서, 지금의 날 힘들게 하는 상황들도 이겨낼 수 있는 용기를 얻을 수 있게 된 것 같다. 최근 날 힘들게 하는 어두운 밤 같은 날들이 연속되면서 내겐 언제 별이 떠서 날 이끌어 줄까 생각을 했는데, 별이 뜨지 않았던 것이 아니라 내가 떠 있는 별을 보려고 고개를 들지 않았다는 것을 깨닫게 되었다. 앞으로 나의 별을 따라 어둠의 끝으로 열심히 달려가야겠다는 생각을 했다.

최민경

내가 학교를 마치고 학원을 마치고 집에 가는 길에 본 어두운 밤하늘을 보면서 느낀 감정, 생각들이 비슷해서 공감이 가는 시다. '가로등만이 쓸쓸하게 서 있는 아파트 단지에 들어서면 언제나 적막감이 나를 반긴다.'라는 구절에서 정말 공감이 되었다. 그 순간에는 세상에 나 혼자 있는 것 같이 조용하고 고요하지만, 그만큼 오늘 하루 힘들었던 것들이 생각나면서 외로움이 배로 느껴진다. 그때 나는 하늘을 바라본다. 처음에는 보이지 않던 별들이 오래 자세히 보다 보면 하나둘씩 보이게 된다. 밝지도 않고 작기만 한 별들이지만 그런 별들을 보면 마음의 안정이 되고 지치고 쓸쓸한 마음을 달래 주는 크고 밝은 별처럼 느껴진다. 나에게 별은 힘든 일이 있을 때 옆에서 위로해 주는 단짝 친구 같은 존재라고 생각한다.

떡볶이는 맛있다

손수지

통통한 볼 살 앳된 얼굴의
교복을 입은 친구들의 발걸음이 향하는 곳,
우리는 일요일이면 언제나 대박이 분식으로 갔다
떡볶이 1,000원어치, 튀김 2,000원어치에
내 마음은 3,000원어치 그 이상으로 행복했었다.

독서실 책상에 머리 박고 앉아
책에 있는 글자가 꿈틀꿈틀 지렁이 같이 보일 때쯤
누구의 뱃속에서 나는 소리인지 알 수 없는 천둥소리에
서로를 돌아보며 킥킥대다가 향하는 황가네 분식
떡볶이 한 입에 시답잖은 농담 한 번에 나는 행복했었다.

토요일 점심때쯤 오랜만에 만난 친구들과
그 이름도 다정한 뽀뽀뽀 분식으로 갔다.
즉석 떡볶이 1인분 먹고 남은 국물에 밥 볶아 먹고

서로 더 먹으려고 박박 긁는 소리가 냄비에 구멍이 날 것
같았다.
　　그럼 나는 그 소리만큼이나 행복했었다.

　　밤 10시, 야자가 끝나고 집에 가는 길
　　살찐다며 10분을 망설이다 들어가는 김밥천국
　　떡볶이를 시키고 기다리면서 늘어나는 한숨소리
　　하지만 음식이 나오고 배가 불러지면
　　무한대로 리필 되는 국물만큼이나 나는 행복했었다.

　　떡볶이는 맛있다.
　　남들한테는 그냥 매콤한 양념이 일품인 간식거리지만
　　나한테 떡볶이는 추억이고 그리움이고 행복이다.
　　그래서
　　떡볶이는 맛있다.

김희주

　평소 가장 좋아하는 음식으로 떡볶이를 꼽는 나는 이 시를 읽으면서 많은 생각을 하였다. 이 시에서 떡볶이를 추억, 그리움, 행복으로 표현한 것이 너무 좋았다. 나에게도 떡볶이는 단순한 음식이 아닌 나의 좋은 추억이자 행복이고 항상 그리운 음식이기 때문이다. 그리고 친구들과의 추억이 가득한 것도 행복을 표현한 것도 나의 모습과 비슷해서 나의 추억들이 다시 생각나게 되었다. '음식은 맛보다 음식에 얽힌 추억으로 먹는다'는 말을, 이 '떡볶이는 맛있다'라는 시에서 많이 느낄 수 있었고 나의 추억 음식과 같은 떡볶이여서 더욱 다양한 감정을 느끼면서 읽게 되었다. 누구에게나 하나는 있을 추억의 음식을 떠오르게 해 주어서 좋았다.

스마트한 세상

정원주

손바닥 안의
빛나는 세상만을 바라보느라
내 옆에서 자라나는
민들레를 보지 못했다
손바닥에서 시끄럽게 떠들어대는
그 세상은
늘 내 곁에 있는 듯 했으나
차갑게 식어버리면
나에게 어둠만을 가져다주었다

그 어둠에 괴로워하는 내게
여름날의 뜨거운 바람이
그 밤의 어둠 속 빛나는 별이
나 좀 봐 달라고
나도 여기 있다고

내 손바닥을 스치고 내 눈동자에 반짝인다

김미리

스마트 폰은 지금 우리의 세대와는 뗄래야 뗄 수 없는 사이이다. 밖을 보면 고개를 숙이고 스마트 폰을 들여다보는 사람들이 많다. 나도 예외는 아니다. 사람들이 스마트 폰을 남용하는 이유는 뭘까. 스마트 폰에서 볼 수 있는 민들레보다 길가에 피어난 들꽃이 더 예쁜데 말이다. 아무래도 스마트 폰이란 것이 너무 익숙해져서가 아닌가 싶다.

이제는 익숙함에서 벗어나 보는 것이 필요하다. 스마트한 세상에서 잠시만 눈을 돌려도 우리는 진짜 세상을 마주할 수 있다.

김채은

이 시는 핸드폰을 붙잡고 사는 우리에게 성찰을 해 보게 하는 시다. '손바닥 안의 빛나는 세상만을 바라보느라 내 옆의 민들레를 보지 못했다'는 구절을 읽고 핸드폰을 쥐고 그 안을 들여다보느라 주변을 보지 못하는 나의 모습이 떠올랐다. 그러다 핸드폰이 배터리가 없어서 꺼지면 '늘 내 곁에 있는 듯했으나 차갑게 식어 버리면 나에게 어둠만을 가져다 주었다'라는 내용처럼 나에게 외로움과 허전함을 가져다 주었다. 고된 수업과 야자를 마치고 하교할 때, 핸드폰을 만지는 대신 하늘에 떠있는 별을 바라보았다. 하늘에 고요히 떠 있는 별들이 반짝이며 나의 눈에 들어왔는데 나도 모르는 사이 힘들던 마음에 위로가 되었다. 그래서 이 시를 쓴 친구가 말하고자 한 것이 핸드폰을 내려두고 주위를 보라고 말한 것이 아닐까 생각한다.

세상

김예린

불가사리를 본다
수조에 갇힌 불가사리

가오리를 본다
큰 수조에 갇힌 가오리

상어를 본다
물이 가득 찬 큰 수조에 갇힌 상어

그리고
상어가, 가오리가, 불가사리가
나를 본다

나도 나를 본다

나는

물도 없이

너무 큰 수조에 갇혔다.

곽소연

'나는 물도 없이 너무 큰 수조에 갇혔다.' 나는 수조를 걷는다. 수조의 끝에 다다르면 다시 뒤로 돌아간다. 수조에서 벗어날 수 없다. 생각 없이 하루하루를 보내다보면 아무 이유 없이 숨이 턱 막힐 때가 있다. 이 지루한 생활에서 벗어날 수 있을까. 가슴이 뻐근하게 죄어 온다. 답답한 마음이 나를 내리누른다. 삶의 의미를 찾지 못하고, 목표조차 없는데 나는 지금 뭘 하고 있는 걸까. 학생이기 때문에 원치 않아도 주어지는 공부라는 압박과 미래에 대한 불안함. 주위의 기대에 찬 시선들. 나는 시에서 말하는 '물도 없이 너무 큰 수조'에 갇힌 것만 같다. '모두가 이렇겠지. 아니야. 나만 이렇게 방황하고 있는 건 아닐까?' 가끔은 속절없는 불안감이 나를 덮쳐온다. 나의 수조를 깨부수고 그 답답한 공간에서 벗어나서 드넓은 바다로 가고 싶다. 틀을 부수고, 벗어나고만 싶다. 하지만 쉽게 용기가 나지 않는 난 이미 세상이라는 수조에 너무 익숙해졌나 보다. 이미 난 적응했나 보다. 용기 있는 행동을 한낱 객기로 보고, 나의 개성을 '이상함'으로 보는 사회라는 수조 속에서.

김미리

시는 우리들의 삶을 보여 준다고 말한다. 나는 이 시가 세상을 살고 있는 우리의, 나의 모습을 보여 준다고 생각했다. 〈세상〉에서 보여 준 '나'의 모습이나 자신처럼 느껴졌다. 수조에 갇힌 생물들을 바라보고 있는 '나'의 모습 또한 수조에 갇혀 있다는 내용에 놀랐다. 요즘 수험생이 되고 새로운 해를 다시 지내며 세상이 커다란 수조라는 느낌이 커져 갔다. 자유가 조금씩 좁아진다는 생각이 든다. 커다란 수조가 언젠가는 작은 수조가 될지도 모른다는 두려움도 든다. 세상이 수조처럼 느껴진다는 시가 공감이 가는 상황은 옳은 것일까?

학생

이효진

해가 깨어나기도 전에
얼굴에 거뭇거뭇한 잠을 씻고
꾸역꾸역 밥 한 숟갈 두 숟갈
이젠 내 몸 같은 교복을 입는다

두 번째 집에 하나둘씩 들어오고
아무것도 보이지 않는 상태에서 0교시를 시작한다
메마른 땅에 한 줄기 빛 같은 점심시간
내용물이 튀지 않게 웃는 우리들의 스킬

해가 눈을 비비며 자러 들어가고
칠흑 같은 어둠이 달과 별을 토해낸다
살아 있는 숨소리와 죽은 듯한 공기를 배경으로
사각사각 연필과 연습장의 만남

집에서 좀 자고 오라는 마침 종소리
몇 시간 뒤에 만날 친구들과 인사를 하고
변함없을 내일을 기대하며 엄마 품으로 걸어간다

김보경

이 시를 읽고 고등학생 생활 패턴이 잘 나와 있어서 너무 공감이 되고 재미있었다. 특히 시에서 교실을 '두 번째 집에' 라고 표현해서 너무 공감되었다. 24시간 중에서 거의 반나절 이상을 학교에서 보내고, 아님 첫 번째 집이라고 해도 상관이 없을 것 같다. 14~15시간 동안 있으면 집에 가는 건 자러 갔다가 오는 거니까 내 집이 두 번째 집이라는 생각이 들었다. 또 야자 때 정말 조용하게 연습장에다가 필기하면서 공부하는 친구들의 모습도 떠올랐고, 야자 끝나는 종소리를 들을 때 집 간다며 짐을 싸는 친구와 벌써 짐을 다 싼 친구들도 떠올랐다. 고등학생들의 생활이 간단하게 잘 나와 있는 것 같았다.

복도

박수진

길지는 않아도 빛으로 가득 찬 그 복도에는
지난 시간들이 흐르고 있습니다.

장식이라곤 달랑 시 액자 몇 개
아무리 닦아도 시커먼 회색 바닥
전혀 특별할 것 없는 복도인데,
나는 언제나 들뜬 기분을 애써 감추며 걸어갔습니다.

몇 번이나 그 복도를 걸어갔을까요.
얼마나 많은 발자국을 만들며 걸어갔을까요.

화장실 가던 발자국
밥 먹으러 가던 발자국
교무실 가던 발자국
스승의 날, 좋아하는 선생님께

사탕 드리러 갔던, 떨리는 발자국

학교 축제 준비에 신났던 발자국

야외 수업에 껑충 뛰어갔던 발자국

히히 웃던 발자국

인사하던 발자국

뛰어가던 발자국

너를 만나러 가던 발자국

……

평범한 일상의 한 부분이었던 복도가

이제 다시 되돌아갈 수 없는 길이 되었습니다.

채연정

이 시를 읽으면 쓸쓸함과 그리움이 나를 이끄는 것 같은 느낌이 든다. 추억이라는 이름으로 만들어진 하나의 장면이 내가 잊으려 해도 잊을 수 없고, 잊지 않으려 해도 자연스럽게 사라지는 것으로 나의 삶을 채워 나가고 있다. 그 장면 중 하나는 학창시절이고 이 시는 그 학창시절의 추억을 떠올리게 만들어 준다. 그리고 화려한 색으로 칠해져 있는 벽, 대리석으로 깔려 있는 바닥이 아닌 지금까지의 세월을 그대로 고이 간직한 듯 보이는 벽과 지금까지의 모든 걸음들을 그대로 기록해 놓은 바닥으로 이루어진 복도에서 내가 만들어 놓은 추억을 떠올려 보게 만든다. 이 시는 나에게 언젠가는 머나먼 추억으로 자리 잡게 될 이 시간이, 시간이 더 흐른 후 언젠가는 떠나가는 기억 중 하나가 될 이 시간에 대해 그리워지게 만들고 있는 것 같다. 지금은 평범한 일상 중 하나이지만 나중엔 돌아올 수 없는 이 순간을 후회하지 않도록 잘 보내야겠다고 다짐하게 하는 시이다.

일상

박상미

학교를 마치고 집에 오는 길
또 다른 시작

학교에서 선물로 준 숙제 보따리
이것만 먹고
이것만 보고
마지막으로 10분 더 쉬고

애써 외면해 보지만
점점 나를 깊숙이 눌러버리는 보따리

더 이상은 못 버틸 것 같아
결국 비우기로 결심하고
조심스레 풀어본다

풀자마자 왈칵 쏟아져 버린 '잠'

잠 속에 가려져 버린 숙제를 보지도 못하고
다시 묶어 내일로 던져둔 채
어느 새 잠에 빠져든다.

백민혜

　나의 고등학교 2학년 시절이 머릿속을 스쳐 지나갔다. 나도 이 학생처럼
야자를 10시까지 하고 어깨에 무거운 숙제들을 가득 얹어 기숙사로 돌아오
곤 했다. 돌아오면 하기 싫은 숙제는 미뤄 두고 내가 좋아하는 연예인 한 번,
내가 좋아하는 과자 한 입, 하며 애써 외면한 경험, 나를 눌러 버리는 눈꺼풀
을 이기지 못하고 잠든 경험들이 생각났다.
　이런 나의 모습이 떠올라 더욱 공감이 되기도 했지만 이게 고등학생의 삶
의 현실이라는 생각에 슬퍼지기도 했다.

원지현

열여덟 살, 우리들의 고민은
까만 하늘에서 빛을 내는 별들처럼
까마득하고 찬란하다.

하지만 한 발자국 물러나 올려다보면
겨우 희미하게 보이는
그런 작고 미미한 것들,

손에 바로 잡힐 듯하지만
그럼에도 쉽지 않은
그런 사소한 것들.

윤수정

이 시를 읽고 나는 위로받는 느낌이 들었다. 18살 때 내가 한 고민들. 예를 들면 성적이 오르지 않아 걱정을 할 때, 꿈이 뭔지 잘 모를 때, 진로 상담을 받으면서 펑펑 울 때 등과 같은 고민 말이다. 이런 고민들을 생각하면서 답답해하고 운 적도 많았다. 하지만 이 시에서 이런 고민들을 '한 발자국 물러나 올려다 보면 겨우 희미하게 보이는 그런 작고 미미한 것들'이라고 표현했다. 이 부분을 보고 많은 생각이 들었다. 나에게 있어서 지금 내가 하는 고민들은 내 인생의 전부를 결정할 것 같고, 그만큼 중요한 것들이다. 하지만 시에서 이걸로 너무 힘들어 하지 말라고 말해 주는 것 같았다. 말 그대로 이 고민들도 나중에 보면 긴 인생에 있어서 아주 작은 부분일 거니까.

권도현

읽으면서 밤하늘에 총총 떠있는 별들을 떠올리게 하는 시입니다. 누군가는 별들을 이어 별자리를 그려 볼 것이고, 누군가는 그리운 사람을 떠올릴지도 모릅니다. 이 시에서는 별들을 열여덟 살인(이젠 열아홉이지만) 우리들의 크고 작은 고민에 빗대어 표현하고 있는데, 고민들을 '까마득하고 찬란하다'고 표현한 점이 참 인상 깊습니다. 시에서 말하듯, 지금 우리가 가진 고민들은 금방이라도 손에 잡힐 것 같지만 쉽게 해결되지 않는 것들이기에 더욱 까마득하게 느껴지는 것 같습니다. 하지만 시간이 지나고 멀리서 바라보았을 때는 어느새 찬란하게 빛나는 별이 되어 우리를 비추는 존재가 되어 있을 것입니다.

그런 너희들

김이해

내가 길을 걷다 넘어지면
개그 프로그램을 보듯
까르르
자지러지는,

마지막 남은 떡볶이를 위해
탁 탁 탁
날렵하게 젓가락을
내리꽂는,

새로 한 내 머리를 보며
으- 하며
진심 어린 야유를 보내는
하지만 웃음이 나는

그런 너희들이 있어

행복한

시 쓰는 밤

민연재

이 시를 읽으니 작년 여름에 일주일 동안 입원했을 때가 떠올랐다. 친구들은 모두 학교에 가고 나 홀로 침대에 누워 시간을 보내니까 하루가 참 길게 느껴졌다. 심심해 죽을 것 같다고 무심코 보낸 연락에 학교 마치고 늦은 시간에도 떡볶이를 사들고 찾아온 친구, 공연을 준비해 왔다면서 부끄럽다고 안 보여 준 친구들, 몇 시간 동안이나 같이 수다를 떨어 준 친구들까지. 겉으론 "여기 셀카 찍으러 왔냐?", "내가 환자인지 네가 환자인지 모르겠다."하며 얼른 가라고 했지만 사실은 진심으로 고마웠고 감동받았다. 가까운 친구일수록 더욱 진심을 표현하기 힘든 것이 사실인가 보다. 이제는 나의 친구들에게 말해주고 싶다, 그런 너희들이 있어 오늘도 행복하다고.

하루살이

김도현

지금은 새벽 두 시
내일, 아니 오늘은 중간고사 첫날,

환한 스탠드 불빛 아래엔
든든한 핫식스와 거의 새 책인 수능특강

영어
물리
일어

어디 보자,
영어는 패스해 버린 지 오래,
일어는 슬쩍 자율시간으로 미루고
물리에 올인한다!

오늘도 동이 틀 때쯤에야 잘 수 있겠지
11년째 하루 공부해 겨우 하루 시험 치는
나는
하루살이다.

천수빈

'하루살이'라는 시는 다른 시와 다르게 재밌으면서도 힘이 되는 시이다. 시험기간, 시간에 쫓겨 벼락치기로 겨우 시험을 치는 나의 모습을 보는 것 같아한 구절 한 구절이 공감되었다. 특히 '내일, 아니 오늘은'이라는 표현이 가장 와닿았다. 나의 하루도 항상 내일이 돼서야 마무리되기 때문이다. 영어와 일어를 포기하고 물리에 올인하는 모습, 새벽 두 시 환한 스탠드 불빛 아래 있는 모습 등, 시를 읽는 내내 나를 보는 것만 같았다. 그래서 씁쓸하면서도 웃음이 났다. 그런 우리의 생활을 '하루살이'라고 표현한 것이 인상적이었다. 그리고 생각해 보니 정말 적절한 단어라는 생각이 들었다. 또, 한편으로 힘이 되기도 했다. 고3이 되어 지금의 이 고단한 생활이 지속된다고 생각하니 막막하고 힘든 생각부터 들었다.

하지만 하루살이는 하루하루 새롭게 태어나 삶을 시작하고 마무리한다. 그러니 우리에게 주어진 시간이 하루라고 생각하고 그 하루를 후회 없이 살고 또 다시 하루하루를 새롭게 계속해서 살아가는 것이라고 생각하니 긴 마라톤을 시작하기에 앞서 운동화 끈을 꽉 맨 것처럼 자신감을 가지게 되었다. 이렇게 우리의 모습을 재미있게 표현하면서도 시 〈하루살이〉는 곧 고3이 되는 나에게 큰 의미를 가져다 준 감동적인 시이다.

붕어빵과 꼬마

차미주

찬바람 불면 목도리 둘둘 감고
단내 풍기는 황금잉어 잡으러 가자.

머리… 꼬리…
집히는 대로 베어 물고
상영초 뒷골목
그때로 시간 여행 간다.

붕어 한 마리 가득 채운
달짝지근한 어린 나날들이
아련해서, 서글퍼져서

붕어빵 집 앞
꼬맹이들 신나는 웃음소리에
눈물 한 방울

툭, 마중 나온다

권다연

이 시를 읽고 다시는 갈 수 없는 그곳으로 시간여행을 간다. '눈물 한 방울 툭, 마중 나온다'는 구절을 읽고, 정말 즐겁던 그 시절이 떠올라 눈시울이 붉어졌다.

내가 초등학생이었을 때, 언제부턴가 우리 학교 뒷골목에 오래된 방앗간 옆에서는 항상 활기찬 아주머니의 붕어빵이 단내를 풍기고 있었다. 추운 겨울 친구와 시린 손 호호 불며 그 냄새를 따라가면, 언제나 바글바글한 아이들이 붕어빵을 기다리고 있었다. 붕어빵이 익어가는 동안 잘 모르던 친구들과 친해지기도 하고, 1,000원이 없어서 친구에게 사달라고 온갖 애교를 부리던 모습들이 생생하다. 6학년이었을 때는 최고 학년이라 어깨 쫙 펴고 붕어빵이 익어가길 기다리던 생각도 난다.

고3이 다 되어가는 지금, 거리를 걷다가 그때의 추억이 떠올라 붕어빵을 사 먹으면 어째선지 그 맛이 나지 않는다. 친구들의 웃음소리와 아주머니의 정겨움이 없기 때문일까. 그때 그 시절, 친구들의 재잘거림과 정겨움이 한껏 담긴 따뜻한 붕어빵이 너무도 그립다.

4부

작은 선물

떠돌이 개

이다은

눈에 눈보다 큰 눈꼽이 끼었다.
얼마나 울었길래,
닦아주지 못한 눈물이 모여서 그의 눈을
꾹, 막아버렸을까

박신이

다른 시들에 비해 짧고 간결하게 썼음에도 불구하고, 독창적이고 인상 깊은 광고를 봤을 때처럼 이 시가 눈에 확 들어왔다. 그 떠돌이 개의 표정이 머릿속으로 생생하게 그려졌다.

어릴 때부터 난 동물을 참 좋아했다. 그런 내 마음을 잘 아는지 동물들도 나를 잘 따랐다. 무언가 바라는 것도 없이 아낌없는 애정을 퍼부어 주는 개들이 너무나도 사랑스러워서 한 마리 입양하고 싶을 때도 있다. 하지만 다양한 사회적 관계를 맺는 나와는 달리, 자기 세상의 중심이 나밖에 없어서 온전히 나에게만 의지하는 존재가 있다는 게 부담스럽기도 하다. 그런 존재를 내가 끝까지 잘 돌봐줄 수 있나 곰곰이 생각을 하면 한 생명을 키우는 것이 얼마나 막중하고 무거운 일인가를 새삼 느낀다.

요즘 버려지고 있는 애완견의 수가 증가하고 있단 뉴스를 읽을 때마다 마음속에 돌덩이가 걸려있는 듯 불쾌함을 느낀다. 길거리를 돌아다니는 유기견들의 표정을 보면 어쩐지 전부 하나같이 슬퍼 보이고, 눈물샘이 까맸다. 그래서인지 이 시를 읽으면서 가슴이 울컥하는 느낌이 들어 며칠 전 길거리를 지나가면서 눈이 마주쳤던 떠돌이개의 무심한 표정이 하루 종일 떠올랐던 생각을 했다.

돼지의 하루

김예나

하늘은 청명했다

어미돼지의 사랑은
젖꼭지 하나
쪽쪽 빨던 그 순간뿐이다.
시퍼런 날이 선 가위에
발톱과 꼬리가 잘려나갔다.
아픔을 처음 알았다.

1.1미터의 좁은 공간은
살찌기에 충분했다
더러운 오물에 발목이 빠지고
이쑤시개 섞인 음식 찌꺼기가
식도와 창자를 관통했다
소름끼치는 고통을 느꼈다.

이후론
어쩔 수 없이
항생제 섞인 푸석푸석한
사료에 만족했다.

흐린 날

흙탕물투성이 트럭 한 대
긴 장화 신은 남정네들이
휘두르는 몽둥이에
시퍼렇게 멍든 엉덩이들이
트럭에 일렬로 올라섰다.

꽤애액
토해낸 마지막 것까지
먹어치우려는 습성
이 길들여진 탐식은
더 이상 이어질 희망조차 거부한다.

비가 내린다.

난생 처음 보는

하늘에 먹구름만 가득하다
돼지는
돼지라서 서러운 것이
아니라
돼지처럼 사는 것이 서러웠을 것이다.

이에나

이 시는 단순히 보면 단지 동물에 대한 이야기를 하는 것 같다. 하지만 조금 더 자세하게 들여다보면 현대 우리(사람)들의 삶의 이야기를 하고 있다는 느낌을 받았다.

먼저 동물의 관점으로 본다면 인간의 이기심으로 인하여 한 생명이 처참하게 죽는다는 것이다. 우리는 돼지의 습성이 굉장히 더럽고 지저분한 줄 안다. 하지만 돼지는 굉장히 깨끗한 곳에서 사는 동물이다. 이처럼 이윤만을 목적으로 좁은 곳에서 자신의 오물과 함께 살아야만 했던 돼지의 삶이 인간의 이기심으로 처참히 무너지는 것이 너무나도 미안했다. 두 번째로 사람을 이 시 속 돼지에게 대입시켜 본다면 현대인들의 삶의 무게를 보여 주는 것 같았다. 특히 '1.1미터의 좁은 공간', '항생제 섞인 푸석푸석한 사료에 만족했다.'라는 단어들은 현대인들이 어쩔 수 없이 겪어야만 하는 상황을 표현하고 있다고 생각했다. 자신의 생을 다할 때까지 목소리를 높여 발버둥치지만, 결국에는 그 소리에 묻혀 생을 다하고 마는 안타까운 우리들의 일생을 표현했다고 생각했다.

봄비

박혜린

시골 할머니 집 바둑이는
봄비에 젖어서
개집 속으로 숨어들었다
부엌에서 감자를 씻던 할머니가
빨래를 걷으러 나왔다

배 밭에서 일하던 할아버지는
털털털 오토바이 타고 돌아오는데
시내에 공부하러 간 손녀는 아직이다

뚜껑 깨진 장독대 속에는
점점 물이 고이고
형광등 찌르르한 부엌엔
감자와 된장만 들어간
된장국 냄새 가득하다

어느덧 찾아온 어둠 속에
타닥타닥 하던 빗소리가 그치고
개집에서 나온 바둑이가
바르르
빗물을 털 무렵

온 동네 밭 배나무들은
더욱 새파래지고
9시 50분 버스 탄 손녀에겐
유리창에
된장국 끓는 모습이
또렷하다

나규원

경상북도 상주시 사벌면 용담 1리, 어릴 적부터 외가댁에 내려와 지내는 시간은 어딘가 멀리 휴양 온 것만 같은 꿈보다도 더 꿈 같은 곳이었다. 할아버지 댁으로 들어가는 길 돌담 너머에는 키가 큰 꽃들이 살랑이며 날 반기고, 돌담 안으로는 키가 작은 꽃들이 살랑이며 나를 반겼다. 마을 안에서 한걸음 한걸음 옮길 때마다 꽃과 풀이 없는 곳이 없었고, 마을 구석구석을 다니며 이 꽃 저 꽃을 따다 찧고 빻아 밥상을 차려 내어 엄마 불러 먹이고 아빠 불러 먹였다. 길고 커다란 잎을 따다 씻어 접시 만들고 크고 예쁜 꽃 따다 접시 위에 올려 각종 풀과 꽃으로 장식하니 진수성찬이 완성되었다. 그렇게 마을 전체가 나의 놀이터였다. 형제자매도, 또래의 사촌도 없었던 나는 그렇게 온 마을을 누비며 온 자연과 함께였다.

박주연

비 내리는 날이면 옷 젖고 우산도 번거롭고 습하고 빗소리마저 시끄러워서 별로 반갑지 않다. 그런데 신기하게도 봄에 내리는 비에는 그렇지 않다. 봄에 비가 와야 새로운 해의 출발이 실감나고 괜히 마음도 몽글해지고는 한다. 이 비가 뿌려진 자리에는 작년보다 더 푸른 새싹이 돋아나리란 걸 알기 때문인 걸까?

이 시를 읽으며 바둑이의 종종걸음과 할머니의 분주함과 할아버지의 덤덤한 모든 움직임들이 생기가 넘친다. 비 냄새와 흙냄새가 섞인 그 공간에서 구수한 된장국 냄새가 빗방울을 타고서 있을지도 모를 이웃집에 스미는 것을 머릿속으로 그려 본다. 시 속의 손녀가 나여도, 혹 그 이웃집이 내 집이어도 좋을 만큼 아주 내 이야기 같아 웃음이 난다.

고양이 무덤

배 달

고양이 무덤에 잡초가 생겼다.
다 뽑았다.

고양이 무덤에 빗방울이 떨어진다.
우산으로 받쳐 씌워 주었다.

고양이 무덤에 눈이 소복이 쌓였다.
다 털어 주었다.

저번에 죽은 그 고양이.

그 고양이 무덤에
사계절이 저마다 흔적을 남겼다.

김유리

　사계절의 흔적이 고양이 무덤에 남아 있듯이, 계절의 흔적은 어디에나 남아있는 듯하다. 고양이 무덤에 남은 흔적들을 보고서 나에게 남은 사계의 흔적을 찾아보았다.

　머리 위에 떨어진 벚꽃잎을 털어 내고, 햇볕에 그을린 피부에 선크림을 바르고, 길바닥에서 올라오는 은행 냄새에 눈살 찌푸리고, 얼어 있는 웅덩이를 밟고 가던 기억들이 나에게 흔적으로 남았더라.

　이렇게 사계는 살아 있는 것에 흔적을 남겼고, 죽어 있는 것, 고양이 무덤,에도 흔적을 남겼다. 매년 흔적을 남기는 사계 덕에 이 차가운 겨울을 여름의 흔적으로 버틸 수 있다.

꽃, 너 하나의 본연

고이 간직해 논 비단을 펼친 것같이
아침 햇살에 눈을 뜨는 기분을 느끼게 해 주는

너를 표현하고자 하는 그러한 말들은
필요치 않다

'꽃'
그 이름 하나만으로도
무언가에 비유할 수 없을 정도로

너는 너무나 아름답고도
여리고 귀한 존재인지라

140 내가 아직 어려서 미안해

김수아

　꽃을 소재로 하는 시는 참 많다. 사랑하는 사람과 주고받는 선물, 탄생과 결혼같이 축하하는 순간, 삶의 단 한 번뿐인 죽음에도 그 순간을 장식하는 것은 꽃이다. 이처럼 사람들은 삶 곳곳에 꽃을 심는다. 그 까닭은 꽃에게서 자신의 가치를 발견하는 것이기 때문이라 생각한다.

　난 이 시를 읽으면서 작가가 꽃이라 칭하는 것이 꼭 나 자신, 모든 사람들에게 하는 것처럼 느껴졌다. 꽃들은 같은 종류이더라도 자세히 보면 그 생김새가 조금씩 다르다. 또한 꽃들은 자기 고유의 향기를 풍긴다. 사람도 그렇다. 모든 사람들은 개인마다 자신의 모양새와 향기를 품고 있다. 이 시에서처럼 모든 사람, 즉 너는 너무나 아름답고 여리고 귀한 존재이다. 다른 것에 비유하지 않아도 한사람 그 자체로 너무 존귀한 가치를 지니고 있다.

작은 선물

이은영

올망졸망 모여 있는 화분 때문에 발 디딜 틈도 없는 우리 베란다에 식구가 하나 더 늘었습니다. 아기 하나가 더 늘었다는 생각에 나와 동생은 인상부터 찌푸립니다. 아기 같은 고사리 손을 흔들며 애교를 떨던 녀석 돌보기 쉬울 줄 알았더니 사람 애먹이는 것은 열 아기 몫을 톡톡히 합니다. 우리도 구경하기 힘든 영양제까지 주시는 엄마를 보고 괜스레 샘이 나 애꿎은 방문만 쾅 닫아버렸습니다.

그러던 어느 날, 우리는 난초로부터 뜻밖의 선물을 받았습니다. 이른 아침부터 호들갑인 엄마에게 이끌려 나가 보니, 천사처럼 환한 꽃망울을 품은 난초가 어쩌면 그렇게도 귀엽고 앙증맞을까요? 문득 정신을 차려 보니, 난초만큼이나 환한 미소를 짓고 있는 엄마가 나에겐 마치 어린아이처럼 귀여워만 보였습니다.

김민정

　꽃의 아름다움과 거기에 매료되어 있는 어머니의 모습에서 괜스레 질투하는 화자, 하지만 아기처럼 돌보는 아름다운 어머니의 모습에서 천진함과 질투 날 정도로 더 멋있고 아름다운 모습이 그려진다. '새 식구'가 생겨 엄마의 관심을 뺏기고 나조차 헌신해야 하는 상황이지만, '동생'에게 환한 미소를 짓고 있는 엄마의 천진함에 화자가 취할 수밖에 없다.

　이 시는 꽃의 아름다움도 두드러진 작품이지만, 꽃의 환한 꽃망울의 아름다움만큼이나 어머니의 환한 미소의 아름다움, 꽃을 아기 다루듯 돌보는 어머니의 천진함을 상상하면서 감상하면 더 풍부해지는 느낌을 얻을 수 있을 것 같다.

녹차
- 하동 녹차 체험관을 다녀와서

유정희

따뜻한 잔을 두 손으로 받치면
마음까지 그 온도가 전해진다

코끝에 청량한 향기 닿으면
하동 녹차밭에 서 있는 듯하다

한 모금 두 모금
새순이 돋아나고
비를 머금고
볕을 쬐는
찻잎이 나에게로 오는 길이 보인다.

그리고 잔에 담긴
녹차에 비친 나를 보니
이전보다 조금 더 맑아진 모습이다.

장효신

　나의 몇 없는 인간관계 속에 따뜻한 녹차와 같은 친구가 있다. 그 친구는 늘 긍정적이고 차분하다. 자신이 행동하여 남에게 희망을 주고 힘이 되려고 애쓴다. 상대를 비방하지 않으며 존중하기 위해 노력한다. 나는 그 친구를 따뜻한 녹차같은 사람이라 생각한다.

　사람의 성장은 주변 환경의 영향을 많이 받는다고 들었다. 즐거운 사람이 곁에 있으면 나도 즐거운 사람이 되고, 신경질적인 사람이 곁에 있으면 나도 신경질적인 사람이 된다. 그리고 성숙한 사람이 곁에 있으면 나도 그에 못지 않게 성숙한 사람이 된다.

　나는 이 시에 나온 따뜻한 녹차가 성숙한 사람과 같다고 생각했다. 녹차를 마심으로써 그 과정이 느껴지는 것처럼, 성숙한 사람과 함께하면 그 사람의 일생을 알 수 있게 되는 것이다. 그리고 그를 통해 간접적으로 느끼고 나 자신의 성장까지 부추기는 것이다. 나의 더 맑아진 모습. 녹차에 담긴, 비춰지는 나의 모습처럼.

외갓집 감나무

임도헌

외갓집 마당에 있는 감나무 두 그루
커다란 감나무 두 그루는
제 주인인 외할아버지가
돌아가신 줄 아는지
감도 열리지 않고
가 볼 때마다 앙상해져 간다.
예전의 모습을 볼 수 없다.
할아버지를 볼 수 없듯이.

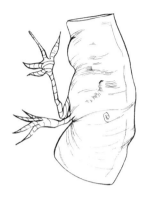

감나무를 소재로 할아버지의 부재를 효과적으로 나타낸 시라고 생각했고 나와 비슷한 경험이 떠올라서 공감하며 읽었다. 나 또한 외할아버지의 장례식을 치르고 난 후 처음 외갓집에 갔을 땐 이제 더 이상 곳곳에 있던 할아버지의 손길의 흔적을 찾을 수 없어 모든 것이 휑하고 허전했었다. 시 속에서 생전 할아버지가 돌보았던 감나무가 앙상해져 가듯, 가꾸셨던 채소가 말라비틀어져 있는 것을 보았을 때 할아버지가 돌아가셨다는 것을 다시금 실감했던 적이 있기 때문에 굉장히 와닿는 시였다.

그리고 특히 이 시는 할아버지의 죽음을 담담한 어조로 표현하여 읽는 사람에게 전달하고자 하는 정서를 더욱 강조시켰다고 생각한다.

촌 동네

옹기종기 모여 있는 늙은 집들은
살기에 참 안 좋은데도
살기에 참 좋다

할매 할배들이
하루에도 몇 번씩 오고 가는
담배가게 앞 정류소에
마주 앉은 얼굴 가득 세월이 어렸는데

입꼬리는 세월이 비껴갔나
소독차 뒤쫓는 철부지 어린애 같네

이른 밤 어둠이 내린 촌 동네의
닳고 닳은 정류소 나무의자는
밤기운이 차가워도 차갑지 않고

텅 빈 길거리 불 꺼진 늙은 집들은
쓸쓸해도 쓸쓸하지 않다

촌 동네 늙은 집들 담벼락에는
나팔꽃이라도 무성하게 피었나 보다

정효진

촌 동네. 듣기만 해도 익숙하면서 투박하다. 투박한 그 촌 동네에는 어린아이가 없다. 모두 늙고 허물어졌다. 자글자글한 주름 사이에는 세월이 박혀 있고, 그 세월 속에는 고통이 담겨 있다. 드문드문 보이는 눈가의 곡선에선 희망을 볼 수 있고, 행복과 만족을 발견할 수 있다.

그 주름들이 생기기 전, 눈가의 곡선이 생기기 전엔 모두가 어린아이다. 옛날의 촌 동네는 어떠하였는가. 정류소에서 버스를 기다리고 담뱃가게에선 하드를 사먹었다. 친구와 정자에 마주 누워 실없는 이야기를 주고받거나 소독차를 따라 달리기 시합을 하였다. 그런 어린아이들은 전부 어디로 갔을까. 아마 대부분은 성인이 되자마자 도시로 오르고, 남은 이들은 부모를 따라 밭의 주인이 되었을 것이다.

시골은 세월을 입는다고 누가 그랬던가. 쉽게 바뀌지 않으면서도 그 알맹이는 매일을 달리한다. 이제는 닳아 버린 정류소의 의자나, 주인이 바뀐 담뱃가게나, 페인트가 벗겨진 벽이나, 주름이 돋아난 얼굴이나. 전부 시골의 세월을 보여 줌과 동시에 낡아 버린 추억을 맞이하고 있다. 그 추억은 따뜻했던가, 마냥 차갑기만 했던가. 나 혼자였던가, 함께였던가. 나팔꽃의 꽃말은 결속임에 틀림없다.

낡은 흙
- 박물관에서

김유리

쪽빛 자기瓷器 하나가
한 치 앞도 보이지 않는 불길 속에서 태어났다

시간은 흐르고
작은 흠집 하나 생겨나서
순식간에 커다란 금이 되었다

아무도 돌아보지 않는 너는
먼지가 쌓이고, 쌓여
흙으로 묻혀갔다.

먼 훗날 누군가
한 사람쯤은 너를 돌아봐 줄지도 몰라
쌓였던 먼지들은
벗겨지고 벗겨져서

조심조심 들어 올려지고

그렇게 너는
딱히 부족함 없이 채워질 거야
그렇게 사랑받을 거야
그렇게 아름다워질 거야

황지원

박물관에 가면 항상 이러한 생각을 한다. "이 순간도 언젠간 역사가 되겠지. 그럼 내가 남긴 물건들과 기록들도 어쩌면 후대의 사람들에게 사랑받고, 관심받을 수 있을까?"라고. 그래서 그런지 박물관에 전시되어 있는 사료들을 보면 부럽다는 생각을 한다.

나도 박물관에 전시되어 있는 사료같은 사람이 되고 싶다. 지금은 그렇게 빛나지 않고, 인정받지 못하더라도, 후대에 인정받고 사랑받는 그런 사람. 후대에 누군가 나의 바래지고 낡은 기록들과 물건들에게 숨을 불어넣어 다시 빛을 보게 해 줬으면 좋겠다.

그만큼 나도 누군가의 후대이니 숨을 불어넣어 다시 빛을 보게 해 주었으면, 그리고 그 가치를 이어받아 나도 나의 후대에게 전해 주었으면, 그런 사람이 되고 그런 세대가 되었으면 좋겠다.

봄 파는 시장

조애진

도서관 빠져 나오는 길
겹겹이 누르는 참고서
땅에 닿을 듯한 내 어깨
엉켜버린 내 머릿속 실타래
힘없이 늘어진 그림자를 밟으며 발걸음을 옮긴다.

오늘도 어김없이 지나가는 평화시장
시장 여기저기
보잘것없는 좁쌀 같은 몸에서
고귀한 꽃망울 터뜨릴 날만 기다리는
꾸욱 간지럼을 참고 있는 맨드라미 씨, 봉선화 씨
두 나래로 사뿐히 날아오르는…

"냉이 좀 사 가라."
길 한구석 보따리 푸신 할머니 머리에는

지난 겨울 잔설이 남아 있는데
세월의 때 묻어 있는 보따리에는
씀바귀와 미나리가 옹기종기 머리 맞대고 있다.

아아, 봄이구나.
아아, 봄이 왔구나.

내 허한 가슴
내 씨앗에게 한가득 따뜻한 봄을 담아 주었다.

박주연

봄내음이야 별 것 없다. 온 동네에 향긋한 냉이 내가 뿌려질 즈음에 봄이 온 것이다. 마치 우리 동네 할머니 집 같기도 하다. 지금은 멀어져 버린 봄나물들로 그득한 아침상을 우리 할머니께서 요양원에 가시지 않았을 때만 하더라도 매일 먹곤 하였다.

시장에 있는 맨드라미 씨 같은 앙증맞은 할머니의 버선에, 봉선화 씨같이 고운 시장 할머니의 누른 사투리에, 냉이같이 향긋한 시장 냄새에는 깊숙이 깃든 따뜻한 정이 있다. 그것들이 봄보다 먼저 나와 우리네 봄이 되어 있어 준 게 아닐까? 그 따뜻함이 마치 봄이 온 것 같아서 발걸음을 늘이다, 늘이다 드디어 나도 새봄이 되어 버릴 것 같다.

나규원

시험 기간이면 매일 들르던 도서관을 빠져나오는 길이면 그 앞엔 시장이 들어서 있었다. 각종 참고서에 문제집에 제 몸집보다 큰 가방은 항상 빽빽이 가득 차 있었고, 자꾸만 무거워지는 가방 탓에 내 어깨도 절로 같이 무거워졌다. 그런 도서관 생활에도 조그만 낙이 있었는데 2일, 7일 오일장이 열리는 날이면 도서관에서 공부를 하다 어묵꼬치를 사먹으러 시장으로 나선 것이다. 치즈가 들어간 어묵, 떡이 들어간 어묵, 깻잎이 들어간 어묵 등등 다양한 맛의 어묵을 맛보려 천 원짜리 내어주며 내 마음도 같이 내어주었나 보다. 어느새 공부할 마음이 사라진 채, 이대로 들어가기 아쉬워 어묵꼬치 하나 입에 물고 시장 한 바퀴 돈 뒤에, 그제야 아쉬운 맘 뒤로한 채 도서관으로 되돌아가곤 했다. 이 시장은 나에게 휴식을 파는 시장이 아닐까. 답답한 공기 속에서 빠져나와 따스한 햇살 받으며 10분, 20분 느리게 걸으며 천천히 사람 구경, 음식 구경 할 수 있는.

우리 동네

우리 동네

강홍주

밑으로는 바다
위로는 고물상이 쭉 늘어선 우리 동네.

그것도 담이라고 양철판으로 쌓아올린 담벼락
금방이라도 녹이 슬어 무너질 것만 같은 담벼락
플라스틱 고물, 종이 고물
온갖 고물이 산더미처럼 쌓여 있는 고물상
구루마로 고물을 한 수레 해 온 아저씨와
고물상 주인의 입씨름이 여기서 벌어진다.
박상 장수 아줌마도 여기서 한몫한다.
어디서 매일 고물은 생겨나는지
매일매일 쌓여가기만 하는 고물
우리 동네는 고물 동네다.

바다에서 짐을 나르시는 아저씨들

옷을 벗어버린 몸에서는 송글송글 땀방울이 맺혀 있다.

어깨에는 퍼런 못이 박혀 있다.

먹고 살기 위해 바쁜 우리 동네는 하루라도 쉴 날이 없다.

황유진

　도시의 고물이란 고물은 모두 모인 듯한 동네. 비록 화려하고 비싼 집들이
늘어선 동네도 아니고, 날마다 한 푼이라도 더 벌기 위해 실랑이를 벌이는 어
른들의 모습이 반복되지만, 나는 이 동네가 좋다. 하루 종일 이 동네 저 동네
를 돌아다니며 손수레 한가득 고물을 주워 와도 식사 한 끼조차 해결하기 힘
든 고된 일이지만, 그 속에서도 매일같이 바쁘게 고물을 나르는 분들의 모습
을 보며 작은 일에도 투정을 부리고, 현재 내가 누리고 있는 것들을 감사하지
못했던 나의 모습을 반성하게 된다.

황금시장 순대국밥 집

강희일

한산한 장날 저녁,
황금시장 골목
불 꺼진 간판들을 지나
허름한 순대국밥 집
동그란 양철 테이블에
엄마와 마주 앉았다.

"순대국밥 두 개요"
큰 사발 가득 담기는 두둑한 인심
부연 국물 속 그득한 돼지곱창들
반찬은 달랑 깍두기 한 접시.

옆 테이블 아저씨
늘어가는 소주병만큼 어지러운
인생 이야기 엿듣다

어느새 국밥 한 그릇 뚝딱.

가게 앞에서
돼지머리 썰던 주인 아저씨와
돼지곱창 씻던 아주머니의
푸짐한 웃음만큼이나
따뜻한 배웅.

황금시장, 그 골목 끝에
비릿한 돼지고기 냄새 정겨운
순대국밥 집 있다.

강나영

이 시를 읽고 나면 시골 시장의 정겨움과 따뜻함을 느낄 수 있어 마음이 따스해지고 어릴 때 할머니와 함께 간 시장에서 본 아주머니들의 웃음, 조금이라도 더 담아 주려는 인심, 첫 만남에도 불구하고 넘쳐나는 사람들의 정까지 학생이 되고 느끼지 못하는, 느낄 수 없는 나의 어린 시절이 생각이 나 추억에 잠기게 된다. 하지만 이러한 정겨움이 살기에도 각박한 요즘 세상에서 점점 사라지고 있는 것 같아 안타깝고 이 시를 읽는 많은 사람들이 자신만을 생각하지 않고 남을 생각하며 배려하는 마음을 가지게 되면 좋을 것 같다는 생각이 들었다.

냉면집 아줌마

백설희

뱅뱅 도는 햇살이
정수리 위에 내려앉아
땀으로 흘러내리는 6월 하루
언니와 잠시 들른 냉면 가게.

손님을 맞는 아줌마의 낯선 말.
"주문 나시게쓰니까?"
어설픈 우리말을 조심스레 던지고
다음 말을 기다리는 아줌마.

찰나의 시간
아무렇지 않게 대하라는
언니의 눈치.
하지만 이미 읽어버린
담벼락 하나.

주문을 받고 식탁을 치우는
아줌마의 뒷모습에
화살 같은 시선들이
슬픈 그림자 되어 향한다.

안소은

우리 사회에는 '냉면집 아줌마'와 같이 따가운 시선을 받는 사람들이 많다. 언니가 아무렇지 않게 대하라고 말했지만 나는 이미 그런 시선으로 아줌마를 봐 버렸다. 그 아줌마는 '나' 뿐만 아니라 많은 사람들의 시선을 받아왔을 것이다. 나 역시도 어딘가 나와 다른 사람을 무의식적으로 쳐다본 적이 있다. 그 시선이 그분의 등에 수없이 많이 꽂혔을 것을 생각하니 미안했다. 이 세상에 살고 있는 사람은 모두 똑같다. 나와 다르다고 차별하지 않는 세상이 되었으면 좋겠다.

활성리 병군이네 집에

활성리 바보 병군이네 집에
봄이 찾아오면서 물 건너 새 신부도 함께 찾아왔다

유난히 눈이 크고 앳된 신부를 보고 사람들은 저마다 각기
다른 말과 터무니없는 말로 수군거렸지만
그 수군거림이 사라지고
동네 논들의 초록 물결이 황금빛을 지나 겨울이 오고
어느덧 다시 봄이 올 무렵 신부는 아기를 낳았다

혜성이예요, 고, 혜, 성 –

엄마는 서툰 발음을 따라 하며
오늘 만났다던 신부가 안고 있던 유난히 눈이 큰 아이의 이
름을 알려주었다

담장의 개나리가 유달리 탐스럽던 해에 태어난

그 눈이 큰 아이를

동네 사람들은 수군거리기도 하고 모른 척하기도 하고 이름을 부르며 예뻐하기도 했다

아이는 관심을 젖 삼아 무럭무럭 자랐다

몇 번의 봄이 찾아왔다 지나가고 사소한 이야기는 잊혀져 갈 때

문득 그 아이가 어떻게 지낼까 궁금해졌다

그리고

아직 봄보다 겨울이라 불러야 어울릴 것 같은 어느 날에

개나리가 미처 피지 못한 그 집 담장에 다닥다닥 붙어 노는

한 무리의 아이들을 보았다

그 속에 한눈에 딱, 혜성이를 알아보았다

아 –

웃고 있는 혜성이의 큰 눈에는

유달리 탐스럽게 피었던 그 개나리 노란 빛이 가득 차 있었다

곽소연

이 시에서는 '물 건너온 신부'가 나오고, 그녀의 아이가 등장한다. 신부를 보고 수군거리는 마을 사람들의 반응과 태어난 그녀의 아이를 보며 수군거리는 동네 사람들의 모습은 한국에서 드문 모습이 아니다. 낯선 땅에서 낯선 사람들의 환영과 차가운 시선 중 더 크게 다가오는 것은 무엇일까. 자신을 좋지 않은 시선으로 바라보는 사람들을 마주치며 얼마나 불안하고, 두려울까. 그 낯설고 차가운 환경 속에서 혜성이는, 혜성이의 눈은 개나리 노란 빛을 가득 채우며 자라났다. 따뜻하다고 말할 수 없는 이른 봄, 혜성이는 따뜻한 빛깔의 봄으로 가득 물들었다. 땅바닥을 기며 발을 서툴게 디디며 뜀박질을 하며 느꼈을 찬바람을 이겨 내고, 혜성이는 따스한 빛을 눈에 담았다. 모두의 시선이 봄볕처럼 변해서 찬바람을 이겨 내는 것이 아닌 따스함 속에서만 자라며 마음속에 늘 봄바람이 부는 또 다른 혜성이가 있기를 바란다.

외국인 노동자

조승현

지리한 장마가 시작되던
지난여름
아빠를 따라 나섰다
들르게 된
어느 전자 공장.

그들에 대한 나의 편견만큼
높다랗게 쌓여 있던
저 담벼락 넘어
폴폴 날리는 먼지처럼
세상을 살아가는 이들이 있었다.

휴가철이 시작되어도
고달픈 한몸
누일 데가 없는 이들이

외발로 서로를 기대고 있던 곳

하릴없이 시간은 흘러가고
그 시간에 떠밀리듯
하루의 뒤편으로 사라져 버리는
그들을 붙잡고 싶었던
내 마음 한 조각.

잘 익어 속살 발그레한 수박이
통통 울리고
단물이 뚝뚝 흐르는
내 마음 한 조각을
배꽃잎 같은
그 하얀 덧니를 드러내며
수줍게 받아들던 그녀.

그녀의 입가에 피어나던
그 하얀 배꽃잎이
따사한 햇살을 머금은 채
보드라운 한 줌 흙이 되어가는
어느 긴 여름 날.

뜨겁게 피어오르는

쇳덩이의 입김 속에서

그녀는

먼 고향 풀 내음 오른

향그런 아지랑이를

떠올리고 있지는 않을까.

김채은

'외국인 노동자', 이 단어를 들으면 나의 머릿속에는 여러 가지의 이미지와 편견들이 나타난다. 대부분 동남아시아에서 가족들을 위해 한국에 들어와 돈을 벌어가는 사람들, 어두운 색 계열의 옷을 입고 한국에서 3D라고 불리는 직종에서 일을 하는 사람들, 이 시의 2연을 보며 다른 사람들이 보내는 차가운 눈길 속에서 살아가고 있다는 것을 알게 되었다.

위와 같은 생각을 갖고 있던 중 하루는 'KBS 1박 2일 외국인 노동자 특집'을 보게 되었다. 프로그램의 막바지에 다다랐을 때 외국인 노동자분들의 가족이 방문하였다. 우리가 알아듣지 못하는 언어임에도 불구하고 '보고 싶었다.', '아픈 곳은 없니?'라고 묻는 것이 느껴졌다. 그 장면을 보며 눈물이 고였다.

'고달픈 한몸 누일 데가 없는 이들이 외발로 서로를 기대고 있던 곳'에서 힘들었던 기억들이 가족의 따뜻한 품에 의해서 녹아 내렸을 것이다. 우리나라에서 힘들게 일을 하고 있는 외국인 노동자분들이 '하얀 배꽃잎'과 같이 밝은 미소를 잃지 않고 희망을 갖고 살아가셨으면 좋겠다.

노숙자

한위열

희미한 전등불빛이
꺼질 듯 말 듯
위태롭게 깜빡거린다.

밤 12시,
캄캄한 하늘 아래
하나 둘 꺼져 가는 네온사인 너머로
갈 곳 없는 나그네처럼 떠도는 한 사람이 보인다.

금방이라도 밟으면
바스락-
소리를 내며 부서질 것 같은
낙엽 같은 그림자

고통과 외로움이 찌든 삶

퀘퀘한 냄새
술과 땀에 절은 옷
움푹 패인 눈

차디찬 바닥에
달과 별을 벗 삼아
하늘을 향해 누워

옆구리를 파고드는 차디찬
칼바람을
신문지로 덮고 또 덮어
잔뜩 웅크린 채로

거칠어진 손은
천천히 가슴께로
향한다.

따뜻한 가슴 속에서 꺼낸
꼬깃꼬깃한 사진 한 장
물끄러미 바라보다
뺨을 적시며 흐르는 눈물방울

김채은

시의 한 문장을 읽을 때마다 머릿속에 비틀거리며 위태로워 보이는 술에 찌든 노숙자의 모습이 잘 떠올랐다. '캄캄한 하늘 아래 하나둘 꺼져 가는 네온사인 너머로 갈 곳 없는 나그네처럼'이라는 구절은 캄캄한 하늘과 밝던 네온이 비교되며 마치 노숙자가 빠르게 변하는 세상에 적응하지 못하고, 인간관계에서 소외된 사람처럼 느껴졌다. 추운 겨울 차디찬 바람을 견디기 위하여 신문지 한 장을 겨우 덮고 잠을 청하는 사람이 외로움에 사무쳐 눈물 한 방울을 흘리는 모습이 세세하게 잘 드러나 나까지도 춥고 외롭게 만들었다. '고통과 외로움이 찌든 삶'이 얼마나 힘들까 하는 생각도 들면서 마음이 아팠다.

손경은

이 시를 읽으면서 현대인들이 생각이 났다. 겉모습은 아닐지 몰라도 속은 상처투성이이고 외롭고 확실하지 않은 미래에 대해 두려움을 가지고 갈 곳 없는 나그네처럼 사는 현대인들의 모습이 떠올랐다. 세상에는 편하고 간편한 물건들이 많이 생겨났지만 그만큼 사회는 더 차갑고 싸늘해졌다. 하지만 다들 마음에는 따뜻했던 옛날의 모습을 간직하고 있을 것이다. 그리고 남들 모르게 그 모습을 그리워하고 있을지도 모른다. 시의 구절 중 '금방이라도 밟으면/ 바스락 —/ 소리를 내며 부서질 것 같은/ 낙엽 같은 그림자'라는 구절 읽으면서 이미 많이 망가져서 조금이라도 건드리면 부서질 것 같은 현대인들의 속 모습 같이 느껴졌다. 또 다른 구절인 '고통과 외로움이 찌든 삶/ 퀘퀘한 냄새/ 술과 땀에 절은 옷/ 움푹 패인 눈'이 구절에는 많은 것들이 담겨 있는 것 같다. 이 시를 읽으면서 왠지 모를 위로를 받는 느낌이 든다. 위로받는 것이 무엇인지는 모르겠지만 나를 위로해 주는 느낌이 든다.

이발소에서

학교 밑

이발소는

돈이 싼 덕으로

오늘

아주 많은 이가 와 있었다.

내 차례가 와

자리에 앉으니

싹뚝, 싹뚝 가위질 소리가

귓가에서 쟁쟁거릴 때

문득,

생각에 잠겼다.

그 어떤 부자라도

또

그 어떤 가난뱅이일지라도

이발소의 이발사 앞에서는

5부 우리 동네 173

모두가 평등하다
그 어떤 무서운 장군일지라도
이발서 앞에 서면
꼼짝을 못한다.
난
세상의 평등은 이발소에서
먼저 일어났지 않았느냐
하는 생각에 잠겨 버린다.
난 그 사실이 존경되었는지
머리가 절로 숙여지자
이발소 아저씨는 내 머리를 똑바로 세우시더니,
"이렇게 하고 있어라."고 하셨다.

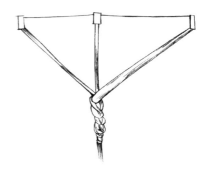

김미리

　평등이란 무엇일까, 생각해 보았다. 이 시에서는 이발소라는 장소에서도 평등이 생겨난다고 말하고 있다. 과연 내가 있는 곳에서도 평등이 있는 걸까. 교과서에서 본 신분제의 사회와 비교해 볼 때, 지금은 과거보다 파격적일 정도로 평등하다. 하지만 사소한 불평등이라는 것이 남아있다.

　나와 같은 학생들이 어른들의 말에 말대꾸 — 사실은 그저 자신의 의견을 말한 것 뿐인 — 를 하면 야단을 친다. 어리다는 이유로 어른들의 의견에 조금 다른 견해를 말해 본 것뿐인데 말이다. 이발소에서 이발사의 요구를 그저 받아들이는 것처럼 조금 어린 사람들의 의견 정도는 평등하게 받아 줘야 하는 건 아닐까. 호통이 아닌 그저 귀 기울여 듣는 것으로도 이발소에서처럼 사소한 평등 정도로 불평등 하나쯤은 없어질 수 있을 거다.

　누가 이발소에서 고개 들라는 말을 듣고 기분 나빠 호통을 칠까.

이것이 시다

황영근

콩나물 - 180원
파 - 170원
두부 - 200원
쌀 - 1500원
라면 - 300원
돌이 과자값 - 200원
멸치 - 150원
고등어 - 270원

이것이 시다.
바로 이것이 시다.
생활이 알알이 들어와 박힌 이것이 시다.
엥겔 계수가 100인 이 생활이 시다.
자연보다도, 헛된 공상보다도, 숨이 없는 노래보다도
몇만 배나 뜨거운 이것이 시다.

모든 것이 활활 타는 이것이 시다.

꾸밈도, 치장도, 속임도 전혀 없는 이것이 시다.

만년필도 필요 없고

외제 펜도 필요 없는 이것이 시다.

붓도, 잉크도

필요 없는 이것이 시다.

가계부 쓸 시간도 없이, 쓸 것도 없이

바쁜 내 어머니를, 내 이웃을 생각하게 하고

나의 이 작은 가슴에 뜨거움을 한아름 가져다 붓는

이것이 시다.

이것이 시다.

어떤 시인도 흉내 낼 수 없는 이것이 시다.

정아영

'이것이 시다'라는 제목이 굉장히 인상 깊었다. 그리고 가계도 같은 시의
진행 방식이 신기했다. 시에 대한 관념이 깨지고 시에 대해서 다시 한 번 생
각해 보게 하는 시인 것 같다. '꾸밈도, 치장도, 속임도 전혀 없는 이것이 시
다.'라는 구절이 매우 가슴에 와닿았다. 시는 어렵고 비유가 많고 한번에 알
아듣지 못하는 것이라는 관념이 박혀 있었는데 이 시인의 접근방법에 고개
가 끄덕여졌다. 시인의 말처럼 생활이 들어와 박힌 것이 시라는 생각이 들었
고 시를 쓸 때마다 무언가를 꾸미려고 했던 내가 생각나 반성하게 되었다.
언젠가 나도 나의 생활을 있는 그대로 드러내는 시를 써 보고 싶다.

베트남 아가씨

그해 모심기 철
처음 본 친구의 새엄마

까무잡잡한 얼굴
선명히 대조되는
반짝이는 웃음, 반짝이는 큰 눈,
투박하고도 부지런한 손

비싼 농기계에 놀라던 딩글한 눈
이국적인 사과 깎기
새참 건넬 때
그 얼굴의 순박함, 순박함.

'베트남 아가씨와 결혼하실 분'
귀퉁이 떨어진 현수막이 흔들릴 때마다

내 머리 속에서 함께 흔들리는
마음 착한 아줌마

김연수

　나에게 '베트남 아가씨'라는 말은 친근하게 다가온다. 농사를 짓는 우리집에서 일손이 부족할 때면 종종 그 '베트남 아가씨'들을 부르곤 한다. 부모님을 도와 같이 일을 하다 보면 우리는 결코 알아들을 수 없는 이야기를 나누는 그들의 소리를 듣는다. 그 '부지런하고 투박한 손'으로 무서운 속도로 빠르고 깔끔하게 일을 해낸다. 감탄할 정도로 일 잘하는 그들의 나이는 많아 봤자 스물둘. 그들의 나이를 알게 되자 그들이 일하면서 나누는 말들이 궁금해졌다. 베트남에서는 어떻게 살았는지, 어떻게 오게 됐는지 등 묻고 싶은 것투성이였다. '그 얼굴의 순박함, 순박함'을 가진 착한 그들의 순수한 표정이 가끔 나의 마음을 아프게 했다.
　이 시의 시인은 말 그대로 그들의 순박하고 좋은 면을 그냥 있는 그대로 보고 받아들이는 것 같다고 느꼈다. 내가 이 시인을 생각하면서 반성했던 것은 그들을 안쓰럽게 바라보던 내 시선이었다. '그들은 행복하게 잘 살고 있는데 내가 괜한 걱정을 하는 건 아닌지', '내가 그런 시선을 보낼 자격은 있는 사람인지'를 생각했다. 이때 나는 내가 바라보는 시선이 상대방에 따라 다르다는 것을 느꼈다. 이번을 계기로, 내가 그동안 수많은 타인을 어떻게 대해 왔는지, 앞으로 어떻게 대해야 할지를 '베트남 아가씨'를 통해 그리고 시인의 눈을 통해 느끼고 알아볼 수 있었다.

돌담

이소혜

할머니네 집 마루에 앉아
우뚝 세워진 돌담을 바라보면
그 건너편엔 예쁜 꽃들이 살짝 보이고
돌담 위로는 이름 모를 넝쿨이
힘겹게 올라옵니다.

같은 땅인데도
서로 넘어오겠다고
줄기마다 꼬불꼬불 힘들어 하는 게
너무 안쓰럽습니다.

돌담 하나 사라지면
저 넝쿨도 낑낑대지 않을 테고
건너편 예쁜 꽃들도 잘 보일 텐데
돌담은

꼿꼿이 자리를 버티고 있습니다.

"할머니, 내년엔 담 없애요.

그러면 할머니 집 마당이

더 아름다워지고

건너편 예쁜 꽃을 잘 볼 수 있을 거예요."

이 시를 읽고 나니 돌담 너머의 예쁜 꽃들이 궁금해 발뒤꿈치를 들고 내다 보고 싶다는 생각이 들었습니다. 꼬불꼬불 돌담을 힘겹게 올라가는 이름 모를 넝쿨도 담 건너편의 예쁜 꽃이 궁금해 끙끙대면서까지 올라가는 것이 아닐까요? 지금 당장은 담 건너편이 잘 보이지는 않지만 열심히 오르다 보면 언젠간 끝이 보일 것 같습니다. 돌담을 허물면 환히 다 트이겠지만 돌담을 오르던 넝쿨은 갈 길을 잃고 말 것입니다. 넝쿨끼리 여기저기 치이고 싸우고 긁히며 올라가는 것은 힘이 많이 들지 모르지만 천천히 나아가는 것도 의미 가 있지 않을까요?

우리나라와 북한 역시 돌담 위의 넝쿨처럼 까마득히 높은 돌담 위를 꼬불 꼬불 올라가고 있습니다. 하지만 언젠가 돌담 벽을 다 올라서서 함께 예쁜 꽃들을 구경하는 날이 올 것이라고 생각합니다.

형제

새 지애

빨간 불이 언제 파란색으로 바뀌나
신호등만 보는 내 눈 속에
다분다분 이야기하며 들어오는 노老형제.
뭐가 그리도 즐거운 지
피어나는 이야기꽃이 정답다.

그런데,
형님 —
하는 동생의 눈은 형을 향해 있지 않다.
그가 보고 있는 허공처럼
아무것도 담겨 있지 않는 그의 눈동자.
아, 그에게는 어둠만이 있었다.

기다리던 파란 불이 켜지고
동생은 손을 내밀었다.

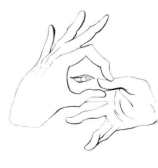

형은 말없이 그 손을 꼭 잡아준다.

동생은 조심스럽게 걸음을 옮긴다.

형은 천천히 그 걸음을 이끌어준다.

세상엔 온통 어둠뿐인 동생과

그 어둠에 빛이 되어주는 형.

그들의 그림자마저도 정다워 보여서일까,

아니면 갑자기 목이 먹먹하게 아파와서일까,

나는 어쩐지 길을 건널 수 없었다.

이 시를 읽으면서 눈물이 나고 가슴이 먹먹함을 느꼈다. '세상엔 온통 어둠뿐인 동생과 그 어둠에 빛이 되어 주는 형.'이란 구절에서 특히 더더욱. 이 세상에는 어둠밖에 보지 못하는 사람들은 많은데 그 사람들에게 빛이 되어 주는 사람은 몇 명이나 있을까. 나는 이 형 같은 사람이 있음에 감사하고 형 같은 사람이 어둠뿐인 동생만큼, 아니 동생보다 더 많지 않음에 슬퍼한다.

그리고 다짐한다. 어둠밖에 보지 못하는, 어둠 속에 있는 그런 사람들에게 빛을 보여 주고 세상을 밝게 비추어 주는 그런 사람이 되겠노라고.

이런 사람이 많아진다면

한여름의 가뭄처럼 갈라진 손으로
가게 앞의 박스를 줍는 할머니
그 뒤를 따라가는
단정한 교복을 입은 두 남학생

아무 말 없이 조용히 다가와
박스가 담긴 수레를 끈다

- 아이고, 젊은 아-들이 이래 착하노, 고마워라

아무 말 없이 웃으며
묵묵히 수레를 끈다

이런 사람이 많아진다면
세상은 얼마나 따뜻해질까

한겨울의 추위도 녹일 수 있는
따뜻한 마음을 가진
이런 사람이 많아진다면

보는 이의 마음까지 따뜻해지는
이런 사람이 많아진다면

김지향

　나도 이 시의 두 남학생과 같은 행동을 경험해 보기도 하였고 도와주는 것을 목격했을 때도 있다. 나는 도와드리는 것이 처음일 때는 '싫어하시면 어쩌지?'라는 걱정에 다가가는 것이 조금 힘들었다. 그런데 어떤 것이든 처음이 어렵지 계속하다 보면 괜찮아지는 것처럼 '당연한 일인데 왜 도와드리지 못했을까?'라는 생각이 들었다. 도와드린 후 할머니, 할아버지께서 고맙다고 인사하실 때 별일 아니지만 나름 뿌듯함을 느꼈다. 그리고 목격하였을 때는 나의 마음까지 따뜻해지는 것을 느낄 수 있었다. 너무나도 멋져 보였고 이 시의 제목처럼 이런 사람들이 많아지면 좋겠다는 생각을 하였다.

후기

마음에 드는 생각들은 많지만 그걸 글로 표현하기엔 잘 내키지 않을 때가 있다. 글 쓰기에 익숙하지 않을 수도 있고 나처럼 글을 쓰는 것에 대한 묘한 부담감이 들어서일 수도 있다.

교과서에서, 문제집에서 시를 학습용으로 배우는 경우가 많다. 특히 공감도 전혀 안 되고 무슨 뜻인지 알아들을 수 없는 말들뿐인데 애써 외워야 한 적도 많았다. 시에 대해 근본부터 잘못 배운 나의 오랜 습관이다. 그런데 그런 교과서에서 볼 수 있는 복잡하고 기술적인 말들이 아니라 순진하고 담백한 우리들 말로 쓴 시들을 읽게 되었다. 내 친구의 또 나의.

시를 쓰는 게 의외로 그리 어렵지 않아서 놀랐다. 그냥 내 마음을 계속 생각하고 떠오르는 만큼 쓰면 됐다. 아직은 그 생각의 깊이가 깊지 않지만 나도 할 수 있다는 걸 알게 되었다. 때깔 좋은 수식어 없이도 괜찮은 글이 될 수 있구나, 라는 걸 느꼈다. 그리고 내가 이렇게 솔직했던가 하고 나 스스로에게 놀랐다.

처음으로 시가 재미있다고 느껴졌다. 지금껏 나는 시가 깐깐하고 온갖 멋있는 말만 하길 좋아하는 '잘난 척꾼'이라고만 생각했다. 그러니 그런 내가 시를 읽고 쓰길 좋아하게 됐다는 건 정말 굉장한 일이다.

그리고 일단 내 친구가 썼다니 더 궁금하고 읽고 싶게 되는 것 같다. 읽으면 웃기고 미소가 지어지고 때론 슬퍼 공감되니 마다할 이유가 전혀 없다. 그래 맞다. 시는 이렇게 시작했어야 했다.

시를 읽고 느낄 시간을 주지 않고 단 몇 초 만에 모든 걸 이해하라고 강요할 수는 없다. 게다가 그 시간조차 아끼려고 시 해석을 외우라면 난 숨이 막힐 것 같다. 시는 작가의 생각만이, 전문가의 해석만이 전부가 아니라는 걸 제대로 깨달았다. 어떤 친구는 사진을 찍는 걸로도 의미를 찾아 그만의 시를 썼다. 나라면 별 생각이 없었을 텐데 말이다. 이렇게 아주 사소한 것에서도 서로 생각의 차이가 있다. 어쩌면 그래서 친구들의 시가 재미있었는지도 모른다.

친구의 시를 읽으면 그 친구의 아주 소중한 한 부분을 내가 함께 공유하고 있는 것 같아 기분이 좋다. 친구가 내어준 솔직한 고백은 참 감동 있다. 그 매개체가 시여서 나에게는 좀 더 특별했다.

— 박주연

고등학생들이 좋은 시 한 편을 쓴다는 것은 어렵다고 생각했다. 학생들의 주위를 둘러싸고 있는 환경이 무엇인가를 창작하기에 좋은 환경은 아니다. 하지만 이러한 환경에서 쓰여진 시들을 읽으며 내 생각이 변했다.

　시를 쓰기 좋은 환경과 좋지 않은 환경은 없다. 좋은 시들 중 이육사의 〈광야〉, 윤동주의 〈별 헤는 밤〉, 그리고 김수영의 〈어느 날 고궁을 나서며〉 같은 시들은 내가 생각했었던 시 쓰기 좋은 환경은 아니었다. 좋은 시들은 어디서든 피어날 수 있다. 시는 사계절 내내 피는 꽃과 같다는 이런 생각들이 내 속에 자리 잡았다.

　학생들이 쓴 시라서 그런지 학창시절을 보낸 적 있는 사람이라면 누구나 공감할 수 있는 시가 많았다. 고등학생의 시선으로 본 세상과 학생이어서 알 수 있는 것들, 그리고 학생이어서 느낄 수 있는 것들이 시들 속에 존재했다.

– 김미리

학생 시를 읽을 때, 나는 기존의 시를 읽을 때와는 차원이 다를 정도로 학생시에 푹 빠져서 시를 감상했다. 학생시를 읽을 때에는 의도하지 않아도 시 속에서 내 모습을 찾았다. 그래서 학생 시를 다 읽은 후에는 나의 다양한 모습을 떠올려봄으로써 나 자신을 돌아보았다. 또 내가 하던 고민을 친구와 함께 얘기한 듯한 기분도 들었다.

시에 푹 빠져 읽으며 슬퍼하고, 기뻐하면서 공감을 하고 난 후에 소감문을 써서 소감문도 술술 쓸 수 있었다. 하나의 시로부터 많은 추억과 생각이 떠올랐기에 그 중에 어떤 것을 쓸지 고민했다. 어떤 사람이 쓴 시에 공감하며 나의 글을 쓰는 것이 어려울 것이라고 생각했는데, 오히려 쉬웠다. 그리고 재밌었다. 나는 엄마와 길에 대한 주제의 시에 대한 이야기를 썼다. 엄마와 길이라는 다소 흔해 보이는 주제일지라도 학생의 시선에서 학생의 손으로 담아 낸 시이기에 나의 감상도 겉멋 들지 않고, 나의 경험과 감성이 수수하게 드러난 것 같다. 이번 기회를 통해 마음이 많이 성장하였다.

- 김지현

이때까지 나는 많은 시를 읽어 왔다. 하지만 정작 그 시들을 읽고 감상을 적어 본 적은 한 번도 없는 것 같다. 그렇게 처음으로 적는 시 감상은 나에게 난해한 문제였다. 하지만 학생들의 시라서 그런지 읽고 나서 많은 것들이 전해져 왔다. ㅡ학생시가 아니라면 아마 나는 '내가 제대로 이해한 걸까?'라는 생각에 제대로 된 감상을 쓰지 못했을 것이다. ㅡ 우리들은 학생이라는 똑같은 신분으로 똑 같은 교육과정을 이수한다. 그래서 학생이라면 다들 공감하고 이해했을 것이다. 하지만 시를 읽고서 같은 학생이라도 다들 다른 경험을 떠올리고 다른 사람들을 생각할 것이다. 그런 생각으로 나는 시들의 감상을 적으면서 나만의 경험을 생각하고, 나만의 사람을 떠올리고, 나만의 감성을 적으면서, 나만의 것이라는 생각에 즐겁게 감상을 쓸 수 있었다.

ㅡ 김유리